GRASS · DAS TREFFEN IN TELGTE

Universal Bibliothek

BELLETRISTIK

Günter Grass

DAS TREFFEN IN TELGTE

Eine Erzählung

1987

Verlag Philipp Reclam jun. Leipzig

Mit einer Vorbemerkung von Stephan Hermlin

ISBN 3-379-00122-8

Lizenzausgabe des Verlages Philipp Reclam jun. Leipzig für die DDR und die anderen sozialistischen Länder

Text nach: Günter Grass, Das Treffen in Telgte. Eine Erzählung; Hermann Luchterhand Verlag, Darmstadt und Neuwied 1979

Reclams Universal-Bibliothek Band 1071
2. Auflage
Umschlaggestaltung: Friederike Pondelik unter Verwendung der Radierung „Federn blasen" von Günter Grass
Lizenz Nr. 363. 340/159/87 · LSV 7301 · Vbg. 7,1
Printed in the German Democratic Republic
Grafischer Großbetrieb Völkerfreundschaft Dresden
Gesetzt aus Garamond-Antiqua
Bestellnummer: 661 200 2
00150

VORBEMERKUNG

„Was in Telgte begann", heißt es zu Anfang, „schreibe ich auf, weil ein Freund, der im siebenundvierzigsten Jahr unseres Jahrhunderts seinesgleichen um sich versammelt hat, seinen 70. Geburtstag feiern will; dabei ist er älter, viel älter – und wir, seine gegenwärtigen Freunde, sind mit ihm alle aschgrau von dazumal." Und vorher noch wird bemerkt, daß die erzählte Geschichte vor mehr als dreihundert Jahren begonnen hat.

Denn wir befinden uns in dem kleinen Ort Telgte in der Nähe der Stadt Münster, im Jahr bevor dort nach dreißig Jahren Krieg ein Friede geschlossen wird. Die Verhandlungen sind im Gange. Die sich in Telgte versammeln, sind keine erfundenen Figuren, sondern allesamt deutsche Dichter, die gelebt haben, auch ein berühmter Komponist ist unter ihnen – es sind die Repräsentanten einer großen Epoche, einer der größten unserer Literatur, immer noch zu wenig bekannt; wir begegnen Gryphius und Hoffmannswaldau, Angelus Silesius und Grimmelshausen, Logau und Paul Gerhardt, Rist und Czepko und vielen anderen, und alle sammeln sich um Simon Dach, der ein berühmtes Lied von der Freundschaft gedichtet hat.

Aber da ist ja der Satz vom „siebenundvierzigsten Jahr unseres", also nicht des 17. Jahrhunderts, und selbst wenn nicht die Widmung an Hans Werner Richter auf das Titelblatt der Erzählung folgen würde, wüßten wir, daß in einem gewissen Sinne von der Gruppe 47 die Rede ist, jener Gruppe, die eigentlich keine war, sondern die sich immer nur auf ihren Zusammenkünften konstituierte und ohne die man nicht von deutscher Literatur nach dem zweiten Weltkrieg reden kann, ins Leben gerufen von diesem Hans Werner Richter, der sich in den Kopf gesetzt hatte, junge Dichter um sich zu sammeln und lesen zu lassen, was sie mitgebracht hatten, und sie dann einer gemeinschaftlichen Beurteilung auszusetzen.

Man sollte aber auch nicht das „Treffen in Telgte" als eine Art Schlüsselerzählung lesen – es ist keine, wenn auch manche Züge aus dem späteren Richterschen Kreise in den historischen Personen aufscheinen mögen. Grass gibt mit hoher Sinnlichkeit ein Bild des Barocks, das seinesgleichen sucht und schwerlich findet; die Freß- und Trunksucht der Zeit, ihre Fleisches- und Sprachlust sind überschattet von Todestrieb und Todesfurcht. Immer wieder sind deutsche Dichter in derlei Konstellationen einander begegnet. Was kann man tun? Einen Versuch machen, das Vaterland zu retten.

Ein Wort noch. Der Verfasser dieser Zeilen bezeichnete vor fünfundzwanzig Jahren Günter Grass zum ersten-, nicht zum letztenmal öffentlich als einen jener Autoren, die unbedingt in unserem Lande erscheinen müßten. Daß dies nun geschieht, daß ein genialer Erzähler sein Publikum in der DDR endlich erreicht, ist ein Anlaß zur Freude.

Stephan Hermlin

Hans Werner Richter gewidmet

1

Gestern wird sein, was morgen gewesen ist. Unsere Geschichten von heute müssen sich nicht jetzt zugetragen haben. Diese fing vor mehr als dreihundert Jahren an. Andere Geschichten auch. So lang rührt jede Geschichte her, die in Deutschland handelt. Was in Telgte begann, schreibe ich auf, weil ein Freund, der im siebenundvierzigsten Jahr unseres Jahrhunderts seinesgleichen um sich versammelt hat, seinen 70. Geburtstag feiern will; dabei ist er älter, viel älter – und wir, seine gegenwärtigen Freunde, sind mit ihm alle aschgrau von dazumal.
Lauremberg und Greflinger kamen von Jütland hoch, von Regensburg runter zu Fuß, die anderen beritten oder in Planwagen. Wie einige flußab segelten, nahm der alte Weckherlin von London nach Bremen den Schiffsweg. Sie reisten von nah und fern, aus allen Gegenden an. Ein Kaufmann, dem Frist und Datum geläufig wie Gewinn und Verlust sind, hätte erstaunen können über den pünktlichen Eifer der Männer des bloßen Wortgeschehens, zumal die Städte und Ländereien noch immer oder schon wieder verwüstet, mit Nesseln und Disteln verkrautet, von Pestilenz zersiedelt und alle Wege unsicher waren.
Deshalb erreichten Moscherosch und Schneuber, die von Straßburg her die Reise gemacht hatten, ausgeraubt (bis auf ihre den Wegelagerern nichtsnutzen Manuskripttaschen) das abgesprochene Ziel: Moscherosch lachend und um eine Satire reicher; Schneuber jammernd und schon die Schrekken des Rückweges vor Augen. (Sein Arsch war wund von Schlägen mit flacher Klinge.)
Nur weil sich Czepko, Logau, Hoffmannswaldau und weitere Schlesier, mit einem Begleitbrief Wrangels gesichert, immer wieder schwedischen Abteilungen angeschlossen hatten, die bis ins Westfälische fouragierten, kamen sie ungeschmälert nahe Osnabrück an; doch widerfuhren ihnen die täglichen Greuel des Fouragierens, bei denen kein armer Teufel nach seiner Konfession gefragt wurde, wie am eigenen Leib. Einsprüche hielten Wrangels Reiter nicht auf. Fast hätte es den Studenten Scheffler (eine Entdeckung Czepkos) in der Lausitz erwischt, weil er sich vor eine Bäuerin gestellt hatte, die, wie zuvor der Bauer, vor den Au-

gen ihrer Kinder gepfählt werden sollte.
Johann Rist kam vom nahen Wedel an der Elbe über Hamburg gereist. Den Straßburger Verleger Mülben hatte ein Reisewagen von Lüneburg gebracht. Zwar den weitesten Weg, vom Königsbergschen Kneiphof her, doch den sichersten, weil im Gefolge seines Landesfürsten, nahm Simon Dach, dessen Einladungen diesen Aufwand ausgelöst hatten. Schon im Vorjahr, als Friedrich Wilhelm von Brandenburg mit Louise von Oranien verlobt wurde und Dach sein für diesen Anlaß gereimtes Huldigungspoem in Amsterdam hatte vortragen dürfen, waren die vielen einladenden und den Treffpunkt beschreibenden Briefe geschrieben und war, mit Hilfe des Kurfürsten, für deren Zustellung gesorgt worden. (Oft mußten die überall tätigen Agenten als Zwischenträger die Post übernehmen.) So kam Gryphius zu seiner Einladung, obgleich er mit dem Stettiner Kaufmann Wilhelm Schlegel seit einem Jahr in Italien, danach in Frankreich unterwegs gewesen war; schon auf der Rückreise (und zwar in Speyer) wurde ihm Dachs Brief zugestellt. Pünktlich reiste er an und brachte Schlegel mit.
Pünktlich kam der Sprachmagister Augustus Buchner von Wittenberg her. Nachdem er mehrmals abgesagt hatte, war Paul Gerhardt dennoch pünktlich am Ort. Filip Zesen, den die Post in Hamburg einholte, reiste von Amsterdam mit seinem Verleger an. Keiner wollte fernbleiben. Nichts, kein Schul-, Staats- oder Hofdienst, der den meisten anhing, konnte sie abhalten. Wem es an Reisegeld fehlte, der hatte sich einen Gönner gesucht. Wer, wie Greflinger, keinen Gönner gefunden hatte, den trug Eigensinn zum Ziel. Und wen sein Eigensinn hindern wollte, rechtzeitig aufzubrechen, den machte die Nachricht, daß andere schon unterwegs seien, reiselustig. Selbst die sich feindlich sahen, wie Zesen und Rist, wollten einander treffen. Unstillbarer noch als sein Spott über versammelte Poeten war Logaus Neugierde auf das Treffen. Ihre heimischen Zirkel faßten zu eng. Kein langwieriges Geschäft, keine kurzweilige Liebe konnte sie binden. Es trieb sie zueinander. Überdies nahm, während der Frieden ausgehandelt wurde, allgemein die Unruhe, das Suchen zu. Niemand wollte für sich bleiben.
Doch so ausgehungert auf literarische Wechselworte die Herren Dachs Einladung gefolgt waren, so rasch verfielen

sie der Mutlosigkeit, als sich in Oesede, einem Flecken nahe Osnabrück, wo das Treffen stattfinden sollte, kein Quartier fand. Das von Dach vorgesehene Gasthaus „Zum Rappenhof" war, trotz rechtzeitiger Anmietung, vom Stab des schwedischen Kriegsrates Erskein belegt worden, der kürzlich die Satisfaktions-Forderungen der Wrangelschen Armeen an den Kongreß herangetragen und dem Frieden neue Kosten auferlegt hatte. Wenn die Kammern nicht von Regimentssekretären und Königsmarckschen Obristen bezogen waren, hatte man sie mit Akten vollgestellt. Der große Wirtssaal, in dem man eigentlich hatte tagen, das ersehnte Gespräch führen, sich aus Manuskripten vorlesen wollen, war zum Proviantlager gemacht worden. Überall lungerten Reiter und Musketiere. Kuriere gingen ab, kamen. Erskein ließ sich nicht sprechen. Ein Profos, dem Dach seine schriftliche Anmietung des Rappenhofes vorwies, verfiel ringsum ansteckendem Gelächter, als aus schwedischer Kasse die Erstattung der Anzahlung erbeten wurde. Schroff abgewiesen kam Dach zurück. Die starken Dummen. Ihre gepanzerte Leere. Ihr ödes Grinsen. Keinem der schwedischen Herren waren ihre Namen bekannt. Allenfalls Rast halten durfte man in der kleinen Gaststube. Der Wirt riet den Poeten, ins Oldenburgische zu reisen, wo alles, sogar Quartier, zu haben sei.
Schon erwogen die Schlesier, weiter nach Hamburg, Gerhardt zurück nach Berlin, Moscherosch und Schneuber mit Rist nach Holstein zu ziehen, schon wollte Weckherlin das nächste Schiff nach London nehmen, schon drohten die meisten, nicht ohne Anklage gegen Dach, das Treffen auffliegen zu lassen, schon begann Dach – sonst die Ruhe selbst – an seinem Vorhaben zu zweifeln, schon stand man mit dem Gepäck auf der Straße und wußte nicht, wohin mit sich, da kamen – zeitig genug, bevor es eindunkelte – die Nürnberger angereist: Harsdörffer mit seinem Verleger Endter und der junge Birken; es begleitet sie ein rotbärtiger Kerl, der sich Christoffel Gelnhausen nannte und dessen schlaksiger Jugendlichkeit – er mochte Mitte Zwanzig sein – ein blattriges Gesicht widersprach. In seinem grünen Wams unterm Federbuschhut wirkte er wie erfunden. Jemand sagte: Den hätten die Mansfeldschen im Vorüberreiten gezeugt. – Doch zeigte sich, daß Gelnhausen wirklicher

war als seine Erscheinung. Ihm unterstand ein Kommando kaiserlicher Reiter und Musketiere, das am Ortsrand lagerte, weil der Umkreis der Friedenskongreßstädte als neutral erklärt und in ihm jede Kampfhandlung der Parteien untersagt worden war.
Als Dach den Nürnbergern die Misere der Poeten erklärt hatte und Gelnhausen sofort in weitschweifiger, mit Bildern geputzter Rede seine Dienste anbot, nahm Harsdörffer Dach beiseite: Der Kerl spreche zwar närrisch wie ein reisender Sterndeuter daher – er hatte sich der Versammlung als Jupiters Liebling vorgestellt, dem Venus, wie man sehe, im Welschland heimgezahlt habe –, sei aber doch mit Witz ausgestattet und belesener als sein Närrischtun erkennen lasse. Im übrigen diene der Kerl im Schauenburgschen Regiment, das in Offenburg seinen Standort habe, als Kanzleisekretär. In Köln, wohin sie von Würzburg her per Schiff gereist seien, habe ihnen der Gelnhausen aus Schwierigkeiten geholfen, als Endter versuchen wollte, ohne Permission einen Posten Bücher als „wilde Läufer" umzusetzen. Zum Glück sei es dem Gelnhausen gelungen, sie aus dem pfäffischen Verdacht „ketzerischer Umtriebe" herauszureden. Der lüge bessere Mär, als sich erdichten lasse. Dessen Schwall mache Jesuiten verstummen. Dem seien die Kirchenväter, aber auch alle Götter und deren Gestirn zur Hand. Der kenne des Lebens Unterfutter und wisse sich obendrein überall ortskundig: in Köln, Recklinghausen wie in Soest. Der könne ihnen womöglich helfen.
Gerhardt warnte davor, sich mit dem Kaiserlichen einzulassen. Hoffmannswaldau stand verwundert, weil der Kerl grad vorhin noch aus der Opitzschen Übersetzung der „Arkadia" zitiert habe. Moscherosch und Rist wollten sich die Vorschläge des Regimentssekretärs immerhin anhören, zumal der Straßburger Schneuber einige städtisch betriebsame Einzelheiten des Offenburger Standortes erfragt und mit Badstubenklatsch bestätigt bekommen hatte.
Schließlich durfte sich Gelnhausen den endlich versammelten, doch nun verzweifelt quartierlosen Herren erklären. Seine Rede war so glaubwürdig wie der Glanz jener Goldknöpfe, die sich auf seinem Grünwams doppelt reihten: Er müsse als Vetter des Merkurius, deshalb geschäftig wie dieser, ohnehin nach Münster, um im Auftrag seines Herrn,

der als Obrist dem Mars im Geschirr stehe, geheime Nachricht dem Herrn Trauttmannsdorff zu bringen, den als des Kaisers Oberunterhändler der säuerliche Saturn mit Weisheit gemästet habe, auf daß endlich Frieden werde. Keine dreißig Meilen Wegs sei die Mühsal lang. Bei annähernd vollem Mond. Und zwar durch flache Gegend. Da komme man, wenn die Herren nicht ins pfäffische Münster wollten, durch Telgte, ein trauliches Städtchen, das zwar arm geworden, aber heil geblieben sei, weil man die Hessen habe abschlagen können und des Königsmarcks Regimentskassen zu füttern nicht müde werde. Und da Telgte, wie man wisse, von altersher ein Wallfahrtsort sei, werde er den musisch wallfahrenden Herren dort Quartier machen. Das habe er von Jugend an gelernt: allerlei Göttern Quartier zu machen.
Als der alte Weckherlin wissen wollte, womit man sich als Evangelischer so viel kaiserliche Gunst verdiene, immerhin trage der Gelnhausen eilige Nachricht der pfäffischen Partei zu, sagte der Regimentssekretär: Ihn kümmere die Religion wenig, wenn man ihm seine lasse. Und so geheim sei die Botschaft für den Trauttmannsdorff auch wieder nicht. Das wisse doch jeder, daß im Lager des Marschall Turenne die Regimenter Weimars gegen die welsche Bevormundung gemeutert und sich zerstreut hätten. Solche Nachricht laufe einem voraus und lohne die Eile nicht. Da leiste er lieber kleinen Dienst für ein Dutzend quartierloser Poeten, zumal er – beim Apoll! – selber die Feder führe, wenn vorerst auch nur in des Obristen Schauenburg Regimentskanzlei.
Darauf willigte Dach in das Angebot ein. Und Gelnhausen sprach nicht mehr kraus und halbgereimt daher, sondern gab seinen Reitern und Musketieren Befehle.

2

Der Weg von Osnabrück über Telgte nach Münster war seit Beginn der nun bald drei Jahre anhaltenden Friedensverhandlungen vielbefahren und von Kurieren beritten, die einen archivfüllenden Wust von Petitionen, Denkschriften, üblich intrigierenden Briefen, Einladungen zu Festlichkeiten und Agentenberichten über die neuesten, unbekümmert vom Friedenshandel laufenden Armeebewegungen hin und her, vom protestantischen ins katholische Lager oder in umgekehrte Richtung trugen, wobei die Standorte der Konfessionen nicht ganz den militärischen Freund-Feind-Positionen entsprachen: das katholische Frankreich hatte sich, bei päpstlichem Wohlwollen, mit Spanien, Habsburg und Bayern angelegt, die protestantischen Sachsen standen mal mit dem einen, dann mit dem anderen Fuß im kaiserlichen Lager. Vor wenigen Jahren waren die lutherischen Schweden über die lutherischen Dänen hergefallen. Heimlich betrieb Bayern seinen Landschacher um die Pfalz. Hinzu kamen meuternde oder das Lager wechselnde Truppenteile, die Widersprüche der Niederlande, das Lamento der schlesischen Stände, die Ohnmacht der Reichsstädte, das zwar wechselnde, aber gleichbleibend landhungrige Interesse der Verbündeten, weshalb sich vor einem Jahr, als die Abtretung des Elsaß an Frankreich und Pommerns mit Stettin an Schweden verhandelt wurde, besonders die Vertreter Straßburgs und der Ostseestädte zwischen Münster und Osnabrück (so verzweifelt wie vergeblich) die Hacken abgelaufen hatten. Kein Wunder, wenn der Weg von und nach den Friedensstädten in einem Zustand war, der dem Verlauf der Verhandlungen und dem Befinden des Reiches entsprach.

Jedenfalls brauchten die vier Gespanne, so rasch sie Gelnhausen mehr requiriert denn geliehen hatte, länger als vorbedacht, um die quartierlosen Herren – über zwanzig an der Zahl – von den Ausläufern des Teutoburger Waldes herab durch das Tecklenburgische Land nach Telgte zu bringen. (Das Angebot eines Küsters, ihnen ein leerstehendes Nonnenkloster nah bei Oesede, in dem der Schwed gehaust hatte, notdürftig einzurichten, wurde abgelehnt, weil dem halbwüsten Gemäuer der geringste Komfort fehlte; nur Logau und Czepko, die dem Gelnhausen mißtrauten, sprachen für das Notlager.)

Hinter ihnen verfärbte sich schon die Sommernacht, als Simon Dach für den Konvoi den Brückenzoll berappte. Und gleich hinter der Brücke über die äußere Ems, doch vor dem inneren, die Stadt zum Emstor hin begrenzenden Flußarm, im Brückenhof, einem reetgedeckten Steinhaus, das hochgegiebelt inmitten Uferwildnis stand und auf er-

sten Blick wenig Kriegsschäden zeigte, machte Gelnhausen auf seine Weise Quartier. Er nahm die Wirtin, die er offenbar kannte, beiseite, tuschelte mit ihr, um sie dann Dach, Rist und Harsdörffer als seine langjährige Freundin Libuschka vorzustellen: eine unter ihrer Grindsalbe schon angejahrte Frau, die sich in eine Pferdedecke gewickelt hatte, soldatische Hosen trug, dabei geziert sprach und sich zum böhmischen Adel zählte: Ihr Vater habe mit Bethlen Gabor von Anfang an für die protestantische Sache gekämpft. Sie wisse, welche Ehre ihr ins Haus stehe. Wenn nicht gleich, so doch bald werde sie den Herren Quartier bieten.
Daraufhin machte Gelnhausen mit seinen Kaiserlichen vor dem Stall, vor dem Brückenhof, in dessen Diele, die Stiegen hoch und vor allen Kammern dergestalt Lärm, daß sich die angeketteten Hofhunde schier erwürgten, und gab nicht Ruhe, bis alle Gäste mit ihren Fuhrknechten aus dem Schlaf gerissen waren. Kaum hatten sich die Herren – es waren hansische Kaufleute, die von Lemgo her weiter nach Bremen wollten – vor dem Wirtshaus versammelt, befahl ihnen Gelnhausen, den Brückenhof zu räumen. Er förderte seinen Befehl mit dem Hinweis: Wer sein Leben liebe, der halte Distanz. Es seien unter den matten, wie man ja sehe, hinfälligen Gestalten auf und vor den Fuhrwerken etliche von der Beulenpest befallene Leichenstrohkandidaten. Er geleite mit seinem Kommando ein Malheur, das, um die Friedensverhandlungen nicht zu stören, beiseite geschafft werden müsse, weshalb er, als Leib-Medicus des päpstlichen Nuntius Chigi, nicht nur kaiserliche, sondern obendrein schwedische Order habe, den morbiden Haufen in Quarantäne zu bringen. Und zwar sofort und ohne Widerrede, sonst zwinge man ihn, die Fuhrwerke der Kaufleute samt Stapelware am Emsufer zu verbrennen. Die Pest – das wisse jeder und das sage er als Arzt, der mit allen Weisheiten Saturns geschlagen sei – schone den Reichtum nicht, raffe vielmehr mit Vorbedacht Kostbarkeiten und bedenke Herren in Brabanter Tuch besonders gerne mit ihrem Fieberatem.
Als sich die Herren eine schriftliche Begründung ihrer Ausweisung erbaten, zog Gelnhausen seinen Degen, nannte den seinen Federkiel, wollte wissen, wem er's zuerst schriftlich geben solle, und sagte dann: Er müsse die jetzt gleich abreisenden Gäste des Brückenhofes dringlich ersuchen, im

Namen des Kaisers und seiner Widersacher Stillschweigen über den Anlaß des plötzlichen Aufbruchs zu wahren, beim Mars und seinen scharfen Hunden.
Nach dieser Ansprache war der Brückenhof schnell geräumt. Zügiger wurde nie angespannt. Wo man zögerte, halfen die Musketiere nach. Bevor Dach mit einigen der Poeten gegen die Unmoral dieses Bubenstücks laut genug protestieren konnte, hatte Gelnhausen Quartier gemacht. Zwar unter Bedenken, doch beschwichtigt von Moscherosch und Greflinger, die den Vorgang als Satyrspiel gewertet und belacht sehen wollten, suchte man die geräumten Kammern und noch warmen Betten auf.
Da neben dem Kaufmann Schlegel etliche Buchdrucker aus Nürnberg, Straßburg, Amsterdam, Hamburg und Breslau als Verleger der Einladung Dachs gefolgt waren, konnte man der Wirtin Libuschka, die offenbar Spaß hatte an ihren neuen Gästen, den entstandenen Schaden leicht ausgleichen, zumal die ausquartierten Hansen einige Stoffballen, paar Stück Tafelsilber und vier Faß rheinisches Braunbier zurückgelassen hatten.
Im seitlich vorgebauten Stall richtete sich Gelnhausens Kommando ein. Von der Vordiele, zwischen der Kleinen Wirtsstube und der Küche, hinter denen die Große Diele anschloß, stiegen die Poeten auf zwei Treppen in das Obergeschoß des Brückenhofes. Schon war man weniger bedrückt. Nur noch die Wahl der Kammern ließ kleinen Streit zu. Zesen legte sich mit Lauremberg an, nachdem er einen Wortwechsel mit Rist gehabt hatte. Der Medizinstudent Scheffler stand in Tränen. Ihn, Birken und Greflinger bettete Dach, weil die Kammern nicht reichten, im Strohlager des Dachbodens.
Dann hieß es, daß dem alten Weckherlin der Puls nur noch matt gehe. Scheuber, der sich mit Moscherosch eine Kammer teilte, verlangte nach Wundsalbe. Gerhardt und der Magister Buchner wollten jeder eine Kammer für sich. Zu zweit zogen Hoffmannswaldau und Gryphius, Czepko und Logau ein. Harsdörffer trennte sich nicht von seinem Verleger Endter. Rist zog es zu Zesen wie Zesen zu Rist. Bei alledem ging die Wirtin mit ihren Mägden den neuen Gästen zur Hand. Einige Namen der Herren kannte die Libuschka. Sie konnte Kirchenliedstrophen von Gerhardt aufsagen.

Harsdörffer gab sie mit zierlichen Zitaten aus dem Gärtchen der Pegnitzer Schäferei Bescheid. Und als sie sich später mit Moscherosch und Lauremberg in die Kleine Wirtsstube setzte – denn beide wollten nicht ins Bett, sondern bei Braunbier, Käse und Brot in den Morgen hineinwachen –, wußte sie in raffenden Sätzen den Inhalt einiger Traumgesichte aus Moscheroschs Philander herzusagen. So belesen und geschaffen für das Treffen der Poeten war die Wirtin Libuschka oder Courage, wie Gelnhausen sie nannte, der sich später, gefeiert als Quartiermacher, zu ihnen setzte.

Wach blieb auch Simon Dach. Er lag in seiner Kammer und zählte noch einmal auf, wen er mit Briefen gerufen, unterwegs beredet, mit und ohne Absicht vergessen, auf Empfehlung in seine Liste genommen oder zurückgewiesen hatte, und wer noch nicht eingetroffen war: sein Freund Albert, für den das zweite Bett in der Kammer bereit stand.

Schlafvertreibende, schläfrig machende Sorgen: Vielleicht würde Schottel doch kommen? (Der Wolfenbütteler kam aber nicht, weil Buchner eingeladen war.) Den Klaj hatten die Nürnberger mit Krankheit entschuldigt. Wehe, wenn Rompler doch käme. Ob mit der Ankunft des Fürsten Ludwig zu rechnen war? (Doch das Haupt der Fruchtbringenden Gesellschaft blieb beleidigt in Köthen: Dach, der nicht zu den Mitgliedern des Palmenordens gehörte und sich betont als Bürger gab, war dem Fürsten zuwider.)

Wie gut, daß sie in Oesedes Rappenhof Nachricht hinterlassen hatten, wo man sich anderenorts aus gleichem Anlaß, der so arg gebeutelten Sprache wegen und um dem Friedenshandel nah zu sein, versammeln werde. Dort wolle man tagen, bis alles, die Not und das Glück der Poeterei wie das Elend des Vaterlandes, besprochen sei.

Es werde ihnen Opitz fehlen und Fleming. Ob es gelingen könne, die Theorie kleinzuhalten? Und ob sonst noch wer komme, uneingeladen? Darüber sinnend und seine Frau Regina leiblich herbeisehnend, glitt Dach in den Schlaf.

3

Oder er schrieb noch an seine Regina, geborene Pohl, die überall auf dem Kneiphof oder von den Studenten der Akademie, im Kreis seiner Freunde Albert, Blum, Roberthin und selbst vom Kurfürsten die Pohlin oder Dachs Pohlin genannt wurde. Sein anfangs verzweifelter, dann über die Umstände der Quartiersuche belustigter, zum Schluß den Verlauf des Treffens Gottes Rat und Güte empfehlender Brief sollte in Königsberg Bericht geben, ohne nach dem tieferen Sinn des Geschehens zu fragen: Wie grob ihnen der Schwed in Oesede die Tür gewiesen; wie Gelnhausen, den man Christoffel oder Stoffel nenne, vier bespannte Planwagen aus dem Fuhrpark der protestantischen Stände requiriert habe; wie man bei Nacht und zunehmendem Mond hinter den Pechfackeln der Kaiserlichen Reiter, doch verschont von ferngrollenden Gewittern, den gefurchten Weg in Richtung Münster nach Telgte genommen; wie unterwegs schon der Moscherosch mit Greflinger und Lauremberg Brandwein zu saufen, Gassenhauer zu grölen und den allzeit würdigen Gerhardt zu hänseln begonnen hätten; wie aber Czepko und der alte Weckherlin dem Empfindsamen beherzt beigesprungen seien, so daß sie den Rest des Weges, zumindest in drei der vier Planwagen, mit geistigem Gesang genommen hätten, wobei Gerhardts jüngst ausgedrucktes Strophenlied „Nun ruhen alle Wälder – Vieh Menschen Städt und Felder – es schläft die gantze Welt..." sogar die Saufbrüder mitgerissen habe; und wie die meisten, der rundum feist gewordene Gryphius an seiner Seite, überm Singen in Schlaf gefallen seien, so daß am Ziel ihrer Reise der freche Handel des Gelnhausen, der ihrer Gesellschaft beredt, bis daß man's hätte riechen können, die Pest angedichtet habe, nicht oder zu spät zu bemerken gewesen sei; und wie man trotz oder wegen der verfluchten und doch – wie er's für sich täte – zu belächelnden Unmoral ins Bett gefunden: die einen lachend über die ängstliche Hast der flüchtenden Pfeffersäcke und den schaurigen Witz noch begießend, die anderen leise den Herrgott um Vergebung bittend, aber alle doch müde genug, damit kein Streit zwischen den schlesischen Herren, den Nürnbergern und den Straßburgern habe ausbrechen und das Treffen noch-

mals gefährden können. Nur. zwischen Rist und Zesen blitze es wie erwartet. Hingegen verspreche Buchner, weil Schottel nicht komme, mäßig zu bleiben. Die Schlesier hätten einen verängstigten Studenten mitgebracht. Hoffmannswaldau gebe sich überhaupt nicht wie ein adlig Söhnchen. Alle, bis auf Rist, der das Predigen nicht lassen könne, und Gerhardt, dem das literarische Treiben fremd sei, zeigten freundlichen Sinn füreinander. Sogar der Hurenhirt Greflinger füge sich und habe ihm, auf die Untreue seiner Flora schwörend, leidlichen Anstand versprochen. Allenfalls sei von Schneuber, den er mit Mißtrauen sehe, Hinterhältiges zu erwarten. Doch werde er notfalls den Haufen streng halten. Abgesehen von den Saufköppen in der Wirtsstube und ihm, der an seine Pohlin denke, sei jetzt nur noch jene doppelte und überdies kaiserliche Wache ohne Schlaf, die der Gelnhausen, ihnen zum Schutz, vor dem Brückenhof habe aufziehen lassen. Die Wirtin, zwar ein Luder, zeige sich übrigens als außergewöhnliche Person, die fließend mit Gryphius italienisch parliere, dem Magister Buchner sogar in Latein zurückgezahlt habe und im Literarischen wie eine Füchsin im Gänsestall bewandert sei. So füge sich alles merkwürdig, als folge man höherem Plan. Einzig der pfäffische Ort sei ihm nicht geheuer. Man vermute in Telgte heimliche Treffen der Wiedertäufer. Der Geist des Knipperdolling gehe hier noch immer um. Unheimlich mute die Gegend an, doch offenbar geeignet für Zusammenkünfte.
Was Simon Dach sonst noch seiner Pohlin schrieb, will ich den beiden lassen. Nur seine letzten, schlafbringenden Gedanken sind mir zur Hand: sie kreisten um das Für und Wider, waren dem Geschehen hinterdrein und voraus, ließen Personen auf- und abtreten, wiederholten sich. Ich will sie ordnen.
Dach hatte keine Zweifel an der Nützlichkeit des so lange vorbereiteten Treffens. Es waren, solange der Krieg schon dauerte, versammelnde Wünsche mehr geseufzt als geplant worden. Hatte ihm doch Opitz, noch kurz vor seinem Tod solche Zusammenkunft bedenkend, aus seiner Danziger Zuflucht geschrieben: „Ein treff allmöglicher Poeten, in Breslaw oder im Preußenland, sollt vnsre sach einig machen, derweil das Vaterland zerrissen…"
Doch keiner, selbst Opitz nicht, wäre bei den verstreuten

Dichtern so wohlgelitten gewesen wie Dach, dessen breitgelagertes Gemüt mit rundum verschenkter Wärme den Kreis eines solchen Treffens geräumig genug machte, um einen streunenden Einzelgänger wie Greflinger, den adligen Schöngeist Hoffmannswaldau, den unliterarischen Gerhardt aufzunehmen – und doch bemessen hielt; denn das fürstliche Gönnergeschrantz, dem nur an Huldigungspoemen und vorbestellten Trauercarmina gelegen war, blieb ohne Einladung. Selbst seinem Fürsten, der etliche Dach-Liedchen auswendig hersagen konnte und der der allgemeinen Reisekasse zugeschossen hatte, war Dach mit der Bitte gekommen, wohlwollend außen zu bleiben.
Zwar hatten etliche Herren (Buchner und Hoffmannswaldau) geraten, den Friedensschluß abzuwarten oder abseits des noch immer wütenden Kriegsgeschehens – etwa im polnischen Lissa oder im heilen Gehege der Schweiz – zu tagen, zwar wollte sich Zesen mit seiner Anfang der vierziger Jahre in Hamburg gegründeten Deutschgesinnten Genossenschaft in Konkurrenz begeben und mit Romplers Aufrichtiger Tannengesellschaft ein Gegentreffen planen, aber die Beharrlichkeit Dachs und sein politischer Wille gaben den Ausschlag: in seiner Jugend hatte er (unter Opitz' Einfluß) mit Grotius, Bernegger und den Heidelbergern um Lingelsheim korrespondiert, weshalb er sich seitdem, wenn auch nicht diplomatisierend tätig, wie vormals Opitz und Weckherlin immer noch, als „Ireniker", das heißt Friedensmann, begriff. Trotz Zesen, der nachgab, und gegen die Intrigen des Straßburger Magisters Rompler, der nicht eingeladen wurde, setzte sich Simon Dach durch: im siebenundvierzigsten Jahr, als nach neunundzwanzig Kriegsjahren der Frieden noch immer nicht ausgehandelt war, sollte zwischen Münster und Osnabrück das Treffen stattfinden, sei es, um dem zuletzt verbliebenen Band, der deutschen Hauptsprache, neuen Wert zu geben, sei es, um – wenn auch vom Rande her nur – ein politisches Wörtchen mitzureden.
Schließlich war man wer. Wo alles wüst lag, glänzten einzig die Wörter. Und wo sich die Fürsten erniedrigt hatten, fiel den Dichtern Ansehen zu. Ihnen, und nicht den Mächtigen, war Unsterblichkeit sicher.
Simon Dach jedenfalls war, wenn nicht seiner, dann der

Versammlung Bedeutung gewiß. Hatte er doch im Kleinen – und weitab vom Schuß, wie man in Königsberg sagte – Poeten und Kunstfreunde um sich versammelt. Nicht nur in der Magistergasse, wo er dank eines Kneiphöfischen Beschlusses lebenslang Wohnung hatte, auch in des Domorganisten Heinrich Albert Sommergärtchen auf der Pregelinsel Lomse war man zusammengekommen, um sich vorzulesen, was zumeist bei Gelegenheit oder im Auftrag sein Versmaß gefunden hatte: die üblichen Hochzeitsgedichte und Liedchen, die Albert in Musik setzte. Kürbishüttengesellschaft nannten sich die Freunde im Scherz, wissend, daß man im Vergleich mit anderen Gesellschaften, etwa mit dem Fruchtbringenden Palmenorden oder der Aufrichtigen Tannengesellschaft der Straßburger, selbst mit den Nürnberger Pegnitz-Schäfern, nur ein Zweiglein war im Geäst der deutschen, überall betriebsamen Poeterei.
Doch weil Dach wußte, wie sehr man den ganzen Baum rauschen hören wollte, und weil ihm sein Name ein Wortspiel wert war, sprach er einleitend, als sich am frühen Nachmittag die weitgereisten Herren ausgeschlafen oder ihres Rausches ledig in der Großen Wirtsdiele versammelt hatten, mal heiter, mal nachdenklich – wie es seine Art war – in diesem Sinne: „Wollen wir nun, liebwerte Freunde, in meinem Namen – denn ich habe euch geladen – wie unter einem Dache beisammen sein, auf daß jeder nach seinem Vermögen beitrage vnd so, weil am Ende alles zusammen klinget, die pegnesische, fruchtbringende vnd aufrichtige Kürbislauben- vnd Tannengesellschaft deutschsinnig entstehen lassen, damit im siebenundvierzigsten Jahr vnseres leidversessenen Jahrhunderts über allem langwierigen Friedensgerede, bei anhaltendem Feldgeschrei, auch vnsere Stimme, die bisher im Winkel blieb, hörbar werde; denn was wir zu sagen haben, ist nicht angewelschtes Geschwätz, sondern von vnserer Sprache: Wo laß ich, Deutschland, dich? Du bist durch Beut vnd morden bald dreißig Jahr her nun dein Hencker selbst geworden …“

Diese gereimten Zeilen sagte Dach aus seinem kürzlich abgeschlossenen, aber noch nicht in Druck gegebenen Gedicht, das über den Untergang jener Kürbishütte klagend Bericht gab, die auf der Insel Lomse Ort der Königsberger Poeten gewesen war und dem Bau einer Handelsstraße hatte weichen müssen; ihr zum Andenken hatte der Domorganist Heinrich Albert eine Musik geschrieben und in drei Stimmen gesetzt.
Weil der Vers aufmerken ließ, drängten Hoffmannswaldau, Rist, Czepko und andere den Autor, die ganze Klage vorzutragen, was Dach erst später, am dritten Lesetag tat. Mit eigener Produktion wollte er das Treffen nicht eröffnen. Auch weitere einleitende Reden ließ er nicht zu. (Zesen wollte sich grundsätzlich zu seiner Deutschgesinnten Genossenschaft und deren Gliederung in Zünfte äußern. Rist hätte sofort eine Gegenrede vorzutragen gehabt, ging er doch damals schon mit seiner späteren Gründung des Elbschwanenordens um.)
Vielmehr bat Simon Dach den frommen Paul Gerhardt, um dessen Fremdheit ein wenig aufzuheben, für alle ein Gebet um günstigen Verlauf des Treffens zu sprechen. Gerhardt besorgte das stehend mit altlutherischem Ernst und nicht ohne Androhung von Verdammnis für anwesende Irrläufer; er mochte die schlesischen Mystiker oder etwaige Calvinisten meinen.
Indem er die Stille nach dem Gebet knapp hielt, rief Dach dann die „Vielgeehrten Freunde" auf, jener Poeten zu gedenken, deren Platz hier, zwischen ihnen wäre, wenn sie der Tod nicht gerafft hätte. Er zählte feierlich – worauf sich alle erhoben – „die vns zu früh Abgeschiedenen" auf, nannte Opitz zuerst, dann Fleming, darauf den politischen Mentor seiner Generation, den Ireniker Lingelsheim, danach Zincgref, und überraschte die Versammlung – schon wollte sich Gryphius in Unmut eindüstern –, als des Jesuiten Spee von Langenfeld gedacht werden sollte.
Zwar war vielen Anwesenden vertraut (und nachahmend geläufig), was als Jesuitentheater Schule gemacht hatte, zwar waren dem Studenten Gryphius die lateinischen Oden des Jesuiten Jakob Balde etliche „Verteutschungen" wert ge-

wesen, zwar hatte sich Gelnhausen, den niemand außer Harsdörffer (und Greflinger) der Gesellschaft zurechnen wollte, als katholisch ausgegeben – und keiner nahm daran Anstoß –, aber die Totenehrung für Spee war einigen der protestantischen Herren, selbst wenn sie sich dem Dachschen Toleranzgebot beugen wollten, eine Zumutung. Sie hätte lauten Protest oder stumme Abwendung zur Folge gehabt, wäre nicht Hoffmannswaldau dem nun streng blickenden und die erregte Versammlung zwingenden Dach beigesprungen, indem er zuerst aus Spees Trutznachtigall, die nicht ausgedruckt, aber in Abschriften in Umlauf war, den „Bußgesang eines recht zerknirschten Herzens" zitierte: „Wann Abends uns die braune Nacht In Schatten schwarz verkleidet...", um dann freiheraus, als trüge er das lateinische Original in sich, aus der „Cautio Criminalis", Spees Anklageschrift gegen Inquisition und Tortur, etliche Fakten vorzutragen, denen Thesen folgten; worauf er des Jesuiten Mut lobte und herausfordernd allseits (Gryphius direkt ins Gesicht) fragte, wer unter ihnen, wie Spee im finsteren Würzburg, an die zweihundert Weiber unter der Folter erbärmlich gesehen, nach vor Pein tollem Geständnis tröstend zum Holzstoß begleitet, darauf sein grausames Erfahren niedergeschrieben und anklagend in Druck gegeben hätte?
Da war keine Antwort möglich. Dem alten Weckherlin liefen Tränen. Als hätte er damit Sinn geben wollen, sagte der Student Scheffler: Außerdem sei Spee wie Opitz von der Pest gerafft worden. Nur den Namen griff Dach auf und versah dann Logau mit gedrucktem Text, damit er – weil ja aller Toten gedacht werden sollte – eins der Sonette vortrüge, die der bald nach Opitz gestorbene Fleming für jenen (auf Reisen durch die nagaische Tartarei) geschrieben hatte. Und seinen eigenen Nachruf auf den „Boberschwan", wie der Bunzlauer auch genannt wurde, trug Logau vor: „Im Latein sind viel Poeten, immer aber ein Virgil – Deutsche haben einen Opitz, Tichter sonsten eben viel."
Nachdem er den Friedensfreund Lingelsheim geehrt hatte, las Dach, Zincgref zum Gedenken, aus dessen scharfsinnigen Sprüchen zwei eher heitere und die Versammlung entspannende Anekdoten vor und, als man ihn darum bat, noch eine weitere.

So ging die angestrengte Feierlichkeit in beifälliges Geplauder über. Besonders die Alten wußten Geschichten über die Verstorbenen. Weckherlin breitete aus, wie es der junge Opitz in Heidelberg, zu Zeiten des seligen Lingelsheim getrieben hatte. Was Fleming geschrieben hätte, wäre ihm seine baltische Elsabe nicht untreu geworden, wußte Buchner genau. Es wurde gefragt, warum Spees Gedichte bisher ohne Verleger geblieben waren. Dann ging es um Studentenjahre in Leyden: Gryphius und Hoffmannswaldau, Zesen und der junge Scheffler waren dort mit schwärmerischen Ideen traktiert worden. Jemand (ich?) fragte, warum wohl Dach vermieden habe, bei der Totenehrung des Görlitzer Schusters zu gedenken, wenn doch die Böhmeisten auch hier vertreten seien?

Indessen hatte die Wirtin mit ihren Mägden in der kleinen Wirtsstube ein eher bescheidenes Zwischenmahl getischt: in der vom Wurstbrühen fetten Suppe schwammen Mehlklietern. Brot lag in Fladen. Braunbier war zu haben. Man brach ab, tunkte ein, schlabberte, füllte nach. Rundum lief Gelächter. (Wie man die Stadt an der Ems richtig nenne: Telgte, Telchte oder gar Tächte, nach Art der hiesigen Mägde?) Dach ging den langen Tisch ab und sprach zu jedem ein wenig und mit jenen vermittelnd, die sich, wie Buchner und der junge Birken, schon jetzt im Disput erhitzen wollten.

Es sollte nämlich nach Tisch über die Sprache geredet werden. Was sie zerstört habe und woran sie gesunden könne. Welche Regeln aufgestellt bleiben müßten und welche den Versfluß in Enge hielten. Wie der Begriff Natursprache, den Buchner als „nur mystisch" abwertete, mit besserer Zukost gesättigt werden und sich zur Hauptsprache auswachsen könne. Was als Hochdeutsch gelten dürfe und welchen Wert man den Mundarten beimessen solle. Denn so gelehrt und vielsprachig sie alle waren – Gryphius und Hoffmannswaldau zeigten sich in sieben Zungen beredt –, so regional maulten und flüsterten, babbelten, polterten, dehnten, walzten und stelzten sie ihr Deutsch.

Der Rostocker Lauremberg breitete, obgleich als Lehrer der Mathematik seit Wallensteins Einfall in Pommern im dänischen Seeland heimisch, seinen angestammten Snack über den Tisch, und auf Platt gab ihm der Holsteiner Prediger

Rist zurück. Seit bald dreißig Jahren in London sässig, schwäbelte der Diplomat Weckherlin immer noch ungemildert. Und in das vorherrschende Schlesisch mischten Moscherosch sein Alemannisch, Harsdörffer sein hitziges Fränkisch, Buchner und Gerhardt ihr Sächsisch, Greflinger sein niederbayrisches Gurgeln und Dach sein zwischen Memel und Pregel gewalktes Preußisch. Mit dreierlei Maulwerk hörte man den Gelnhausen traurige Zoten reißen und närrische Weisheiten trichtern; denn im Verlauf des Krieges waren dem Stoffel zum hessischen der westfälische und der alemannische Zungenschlag angelernt worden.
So mißverständlich machten sie sich verständlich, so verwirrend reich waren sie an Sprachen, so ungesichert frei war ihr Deutsch; und noch vermögender bewiesen sie sich in allerlei Sprachtheorien. Kein Vers entkam seiner Regel.

5

Sobald Simon Dach sein Handzeichen gegeben hatte, vollzog sich der Umzug aus der Kleinen Wirtsstube in die Große Diele merkwürdig gehorsam: ihm unterwarfen die Dichter ihren oft kindlich betonten Eigenwillen. Seine Obrigkeit nahmen sie an. Ihm opferten Rist und Zesen (für ein Weilchen) ihr eingefleischtes Gezänk. Einen Vater wie diesen hatte sich Greflinger immer gewünscht. Dem adligen Hoffmannswaldau machte es geradezu Spaß, seine Gewohnheiten dem Bürger Dach unterzuordnen. Die Fürsten der Gelehrsamkeit – Harsdörffer in Nürnberg, Buchner in Wittenberg residierend – hätten sich den Kneiphöfischen Magister (bei Weinlaune) gern zum Regenten gewählt. Und weil der im Hofdienst gallig gewordene Weckherlin seit einigen Jahren nicht mehr dem englischen König, sondern als Staatssekretär dem Parlament verpflichtet war, fügte er sich dem mehrheitlichen Willen: mit allen anderen folgte er Dachs Zeichen, wobei der Alte den demokratischen Puritanismus seiner Wahlheimat ironisierte: Dort lehre ein gewisser Cromwell die Dichter Eisen fressen.
Als einziger blieb der Student Scheffler fern. Ihn hatte es, noch während man bei der Suppe saß, durch das Emstor in die Stadt gezogen, wo er das Ziel der alljährlichen Telgter

Wallfahrt, ein holzgeschnitztes Vesperbild, suchte: die sitzende Maria darstellend, wie sie starr ihren todesstarren Sohn hält.
Als alle auf Bänken, Stühlen und, weil von denen nicht genug waren, auf Melkschemeln und Bierfässern unter der Balkendecke im Halbkreis um Dach versammelt saßen, kam durch die offenen Fenster noch ein Weilchen der Sommer zu ihnen und mischte sein Fliegengesumm in ihr abwartendes Schweigen oder halblautes Gespräch. Schneuber sprach auf Zesen ein. Weckherlin erklärte Greflinger das Chiffrieren von Agentenberichten, eine Kunst, die er in wechselnden Diensten entwickelt hatte. Von draußen hörte man die beiden Maulesel der Wirtin und entfernter die zum Brükkenhof gehörenden Köter.
Neben Dach, der sich einen Armsessel zugestanden hatte, wartete ein Schemel auf den Vortragenden. Symbolhafte Zeichen, wie sie den regionalen Vereinigungen gebräuchlich waren – die Palme der Fruchtbringenden Gesellschaft –, waren nicht aufgestellt, zierten den Hintergrund nicht. Man hatte schlicht bleiben wollen. Oder es war ihnen kein zeichenhafter Einfall gekommen. Der mochte sich finden.
Und ohne Vorrede, nur durch ein Räuspern sich Ruhe schaffend, rief Simon Dach als ersten Vortragenden den sächsischen Literaturmagister Augustus Buchner auf, einen schon älteren, rundum straffen Herrn, der sich zu allem nur vortragend mitteilen konnte und dessen Schweigen sogar einem Vortrag glich: er konnte sich dergestalt wuchtig ausschweigen, daß man seine stummen Perioden wie Redefiguren hätte zitieren können.
Buchner las aus seinem in Abschriften weitverbreiteten Manuskript „Kurzer Weg-Weiser zur Deutschen Tichtkunst“ das zehnte Kapitel vor: „Vom Masse der Verse und ihren Arten“. Diese Lektion versteht sich als Nachtrag zu Opitz' theoretischen Schriften, handelt vom richtigen Gebrauch der „Dactylischen Wörter“, korrigiert den alten Ambrosius Lobwasser seligen Angedenkens, weil er in den „Alexandrinischen Vers falsche pedes miteingemengt“ und gibt Beispiele zu einer Dactylischen Ode, deren vier letzte Verse trochaisch, nach Hirtenart, gesetzt sind.
Verziert war Buchners Vortrag mit Verbeugungen vor Opitz – dem aber hier und da widersprochen werden

müsse – und Sticheleien, die den abwesenden „Prinzenerzieher“ Schottel, dessen Fürstenhörigkeit und schwärmerische Geheimbündelei betrafen. Ohne daß Abraham von Franckenberg genannt wurde, fiel das Wort „Rosenkreutzer“. Gelegentlich wechselte der Vortragende ins Gelehrtenlatein. Selbst in freier Rede war ihm in Zitaten alles geläufig. (Der Fruchtbringenden Gesellschaft angehörend, wurde er „Der Genossene“ genannt.)

Als Dach zum Disput aufrief, wollte sich anfangs niemand an der Autorität Buchners wetzen, obgleich die meisten Herren in Theorie beschlagen, im Handwerk und auf Versfüßen sicher, den kreuzqueren Feindschaften eingewoben, ungehemmt beredt und selbst dann zum Widerspruch gereizt waren, wenn ihnen Zustimmung auf der Zunge lag. Nur weil Rist mit Predigerton jede Kritik an Opitz „verwerflich und lästerlich“ nannte, gab der Buchnerschüler Zesen zurück: So rede jemand, der nur stumpfsinnig „Opitzieren“ könne: Der elbschwänische Meister der Opitzerei!

Nach Harsdörffers gelehrter Verteidigung der Nürnberger Schäfereien, die er durch Buchner angegriffen glaubte, und Weckherlins Hinweis, er habe schon lange gegen Opitz' Verbot und vor Buchner richtigen Gebrauch von dactylischen Wörtern gemacht, sonderte Gryphius ein wenig Bitterkeit ab: Solche Versschulen könnten allenfalls die seellose Vielschreiberei fördern; worauf ihm „Der Genossene“ zustimmte: Deshalb werde er, im Gegensatz zu anderen Sprachmagistern, seine Lektionen nicht in Druck geben.

Danach rief Dach Sigmund Birken auf, einen Jüngling, dessen Haar mit immer neubelebtem Einfall bis über die Schultern lockte. Zu Kindsaugen glänzte im runden Gesicht ein feuchter Schmollmund. Man mochte sich wundern, daß soviel Schönheit der Theorie bedurfte.

Als Birken aus dem Manuskript seiner „Teutschen Redebind und Dicht-Kunst“ das zwölfte Kapitel und daraus Regeln für die Schauspieler vorgetragen hatte, nach denen der Autor jeder Person anständige Rede in den Mund zu legen hätte: „... maßen die Kinder kindisch, die Alten verständig, die Frauenpersonen züchtig und zärtlich, die Helden dapfer und heroisch, die Bauern grob reden sollten ...“, fielen Greflinger und Lauremberg über ihn her: Da komme nur Langeweile raus! Das sei typisch für die Pegnitzerei! Da

wehe immer nur laue Luft! Moscherosch höhnte: In welcher Zeit der junge Fant eigentlich lebe!
Eher halbherzig versuchte Harsdörffer seinem Schützling zu helfen: Ähnliche Rollenzucht lasse sich in der Antike nachweisen. Gerhardt lobte Birkens Regel, nach der alles Schaurige nicht nackt gezeigt, sondern allenfalls durch Bericht kundgetan werden dürfe. Gryphius, dem Arbeit an Tragödien nachgesagt wurde, schwieg dennoch. Und Buchners Schweigen dröhnte vernichtend.
Da meldete sich Gelnhausen. Nicht mehr im grünen Wams mit Goldknöpfen prahlend, sondern (wie Greflinger) in Pluderhosen soldatisch gekleidet, saß er auf einer der Fensterbänke und hampelte ungeduldig, bis Dach ihn reden ließ. Der Stoffel sagte: Er wolle nur anmerken, daß nach seinem kreuzqueren Wissen often die Alten kindisch und die Kinder verständig, die Frauenpersonen grob, die Bauern züchtig und die ihm bekannten dapferen Helden, selbst wenn's ans Sterben ginge, lästerlich redeten. Zärtlich habe zu ihm, mit Vorzug an Kreuzwegen, nur der Teufel gesprochen. Worauf der Regimentssekretär aus dem Stegreif alle angeführten Personen miteinander, zum Schluß den Höllenfürsten parlieren ließ.
Selbst Gryphius lachte. Und versöhnlich schloß Dach den Disput, indem er die Runde fragte, ob es denn ratsam sei, auch noch auf dem Theater, wo doch das Leben dererlei täglich biete, Blutrunst zu zeigen und dabei Unflat reden zu lassen? Ihm wolle des jungen Birken Regel einleuchten, wenn sie nicht allzu starren Gebrauch finde.
Dann rief er Hans Michael Moscherosch auf, dessen Sprachsatire aus dem ersten Teil seiner „Gesichte Philanders von Sittewald", obgleich schon ausgedruckt und weitbekannt, dennoch Vergnügen bereitete, besonders das Spottliedchen:

„Fast jeder Schneider will jetzund leyder
Der Sprach erfahren sein vnd redt Latein:
Wälsch vnd Frantzösisch halb Japonesisch
Wan er ist doll vnd voll der grobe Knoll..."

Das entsprach dem allgemeinen Ärger über die Verhunzung der deutschen Sprache, deren gefühligem Grund die

welschen und schwedischen Feldzüge ihre Huf- und Radspuren gekerbt hatten.
Als von der Tür her die Wirtin Libuschka dazwischenrief, ob den Signores ein Boccolino Rouge pläsiere, antwortete man ihr in allen landläufigen Fremdsprachen. Jeder, sogar Gerhardt, bewies sich als Meister der Kauderwelsch-Parodie. Und Moscherosch, ein einerseits handfester Kerl, der gern als erster seine Scherze belachte, doch andererseits zum Tiefsinn neigte und als „Der Träumende" dem Palmenorden angehörte, gab weitere Proben seiner satirischen Werkstatt. Er zauste Reimzwänge und schäferliche Umschreibungskünste. Ohne Namen zu nennen, teilte er gegen die Pegnitzer aus. Sich selbst nannte er mehrmals „gutdeutsch", wenn zwar sein Name maurischen Ursprungs sei. Das sage er allen, die vorhätten, sich auf „Sud" einen Reim zu machen. (Der Restposten Wein übrigens, den die Wirtin von ihren Mägden austragen ließ, war spanischer Herkunft.)
Dann las Harsdörffer aus dem grad ausgedruckten ersten Teil seines „Poetischen Trichters" etliche Anweisungen, wie man seinen Schnellkurs für zukünftige Dichter am klügsten durchlaufe – „Schlüßlich müssen die sechs Stunden nicht eben auf einen Tag nacheinander genommen..." –, um dann mit kurzem, vom Manuskript gelesenen Lob: Es könne „die teutsche Sprache" mehr als jede Fremdsprache Laut und Geräusch jeglicher Kreatur nachahmen, denn sie „... swiere wie die Schwalbe, kracke wie der Rab, silcke wie der Sperling, lisple und wisple mit den Bächen..." allgemein zu gefallen.
Zwar hätten wir nie miteinander einig werden können, „teutsch" oder „deutsch" zu schreiben, aber jedes Lob des „Deutschen" und „Teutschen" gab uns Auftrieb. Jedem fiel neues Naturgeräusch als Beweis deutscher Wortkunst ein. Bald war man (zum Ärger Buchners) bei Schottels gereihten Sprachfunden, lobte sein „Schneemilchweiß" und andere Findlinge. Wir sahen uns einig beim Sprachverbessern und Eindeutschen. Selbst Zesens Vorschlag, für Nonnenkloster „Jungfernzwinger" zu setzen, fand Zustimmung.
Erst Laurembergs langes Gedicht „Van Almodischer Poesie und Rimen", dessen plattdeutsche Verse kräftig gegen die neumodische hochdeutschen Poeten austeilten, spaltete

wieder die Versammlung, obgleich Lauremberg schlecht beizukommen war. Er hatte die Argumente seiner Gegner vorgewußt – „In allen Cantzeleien ist unsre Sprach gemein, Was Teutsch geschrieben wird, muß alles Hochdeutsch sein…" – und spielte das unverdorbene Nedderdüdsch gegen die gestelzte, affektierte, sich hier kringelnde, dort zum Wust gestaute Kanzlei- oder Hochdeutsche Sprache aus: „Se is so lappisch und so verbrüdisch, Dat men schier nicht weet off idt Welsch is edder Düdisch…"

Dennoch verdammten nicht nur die Neutöner Zesen und Birken, sondern auch Buchner und Logau jegliche Mundart als Mittel der Poesie. Einzig das Hochdeutsche sollte zum immer feineren Instrument verbessert werden, damit es – was mit Schwert und Spieß nicht gelungen sei – das Vaterland leerfege von fremder Herrschaft. Rist warf ein, dann müsse man auch mit dem antiken Plunder, der lästerlichen Anrufung der Musen und dem heidnischen Göttergeschmeiß aufräumen. Gryphius sagte, er habe lange, im Gegensatz zu Opitz gemeint, daß nur die Mundart der Hauptsprache Kraft gebe, doch habe er sich nach seinem Studium in Leyden größerer Strenge verschrieben, nicht frei von Bedauern.

Und wieder war es Gelnhausen, der von der Fensterbank her Bescheid gab: Wenn man zum Rhein hin Kappes, zwischen Ems und Weser Kumst sage, sei jedesmal Kohl gemeint. Er könne den Sprachstreit nicht begreifen. Laurembergs Poem habe doch jedem Ohr Beweis gegeben, wie hübsch das platte Maulwerk zum gestelzten Gerede klinge. Also solle beides nebeneinander und gemischt seinen Bestand haben. Wer immerfort nur reinlich halte und dem Besen zuspreche, der kehre am Ende das Lebens aus.

Zwar wollten Rist und Zesen (gemeinsam und gegeneinander) Einwände vorbringen, doch Dach stimmte dem Stoffel zu: Auch er lasse sein heimisches Preußisch in etliche Liedchen wie Buttermilch fließen und habe gesammelt, was das Volk singe, damit es, durch Zutun des Organisten Albert, zum allgemeinen Gesang tauglich gemacht werde. Worauf er sein „Anke van Tharaw öß, de my geföllt, Se öß mihn Lewen mihn Goet on mihn Gölt…" einige Verse lang halblaut für sich, schließlich nicht mehr allein, sondern mit Lauremberg, Greflinger, Rist und auch mit Gryphius' starker

Stimme im Chor sang, bis die samländische Anke den Sprachstreit beendete: „Dit mahckt dat Lewen tom Hämmlischen Rihk, Dörch Zancken wart et der Hellen gelihk."
Darauf hob Simon Dach die Versammlung für diesen Tag auf: Das Mahl sei in der Kleinen Wirtsstube gerichtet. Wem es zu einfach sei, der möge bedenken, daß fouragierende Kroaten erst kürzlich die Vorräte der Wirtin requiriert, die Kälber weggetrieben, die Säue abgestochen und die letzte Gans konsumiert oder, wie man gutdeutsch sage, gefressen hätten. Doch satt werde man allemal. Und Genuß habe mit Rede und Widerrede der Nachmittag gebracht.
Als sie die Große Wirtsdiele räumten, war wieder der Medizinstudent zwischen ihnen. Er machte Augen, als sei ihm unterwegs ein Wunder widerfahren. Dabei hatte ihm nur der Pfarrer der Hauptkirche das Telgter Vesperbild, versteckt in einem Schuppen, gezeigt. Zu Czepko, der neben mir stand, sagte Scheffler: Es habe ihm die Gottesmutter bedeutet, daß, wie Gott in ihm, sie in jedes Mägdlein Schoß zu finden sei.

6

Was die Wirtin von ihren Mägden auftragen ließ, war so mager nicht: in tiefen Kummen dampfender Hirsebrei mit ausgelassenem Schweineflom und Speckspirkeln übergossen. Dazu gab es Brühwürste und grobes Brot. Außerdem hatte ihr Garten, der hinterm Haus, von Wildnis umzäunt, geschützt lag (und den die fouragierenden Kroaten übersehen haben mochten), Zwiebeln, Mohrrüben und Rettich hergegeben, was alles roh auf den Tisch kam und zum Braunbier schmeckte.
Sie lobten die einfache Kost. Und die Verwöhnten behaupteten im Überschwang: Schon lange sei ihrem Gaumen solche Wohltat nicht erwiesen worden. Weckherlin verfluchte die englische Küche. Hoffmannswaldau nannte den ländlichen Aufwand ein Göttermahl. Harsdörffer und Birken zitierten abwechselnd, in Latein und verteutscht, aus antiken Schäfereien vergleichbare Mahlzeiten. Und im Wortgefälle des Wedelschen Pfarrers Rist, dem Dach das Tischgebet aufgetragen hatte, wandelte sich der emsländische Hirsebrei

zum himmlischen Manna.

Einzig Gelnhausen maulte erst vor sich hin und zankte dann laut mit der Wirtin: Was die Courage sich denke! Solchen Fraß könne er seinen Reitern und Musketieren, die bescheiden im Stall ihr Lager hätten, nur einmal zumuten. Die stünden dem Kaiser, weil der Sold nicht reiche, auf täglich Brathühnchen, Ochsenbrust und Schweinebacke im Wort. Wenn denen nicht knuspriger aufgetragen werde, seien die morgen beim Schwed schon. Denn wie die Muskete trockenes Pulver verlange, wolle der Musketier bei Laune gehalten sein. Und wenn Mars ihm seinen Schutz entziehe, sehe sich der schwanenhalsige Apoll jedem freilaufenden Haumesser geliefert. Was heißen solle: Ohne militärische Protektion müsse der Poetendisput alsbald auffliegen. Er wolle den Herren – die Courage wisse das wohl! – nur schonend andeuten, daß ganz Westfalen und besonders die tecklenburgische Gegend nicht nur mit Buschwerk, sondern die Ems rauf und runter mit Landstörtzern gesprenkelt sei.

Darauf verzog er sich mit der Libuschka, die offenbar einsah, daß Gelnhausens Reiter und Musketiere einer Zukost bedurften. Man ließ die entweder verängstigten oder wegen der frechen Anmaßung empörten Literaten ein Weilchen unter sich. Mochten sie sich Luft machen mit ihren Wechselreden. Es würde ihnen schon gelingen, die Gefährdung des Treffens mit dactylischen Wörtern, nach denen sie allzeit auf Suche waren, kunstreich zu überspielen; ginge die Welt unter, würden sich diese Herren, inmitten Gepolter, um falsche oder richtig gesetzte Versfüße streiten. Schließlich – und das hatte nicht nur Gryphius mit dem Wortprunk seiner Sonette gesagt – war ohnehin alles eitel.

Deshalb fand sich die Runde den Tisch lang bald wieder löffelnd und kauend im literarischen Gespräch. Am einen Kopfende – Dach gegenüber – trug Buchner mit gestischer Rede seinen Argwohn gegen den abwesenden Schottel vor, den er des Anschlages auf die Fruchtbringende Gesellschaft bezichtigte. Worauf Harsdörffer und dessen Verleger Endter, die mit Schottel heimliche Pläne hatten, des Magisters Redeweise parodierten. Überall wurden Abwesende durchgehechelt, lief Streit überkreuz, war Spott überschüssig und bewarf man sich mit wortgewordenen Steinen: hier saßen

sie rittlings auf der Bank und zählten dem Lauremberg beckmesserisch die plattdeutschen „pedes" nach; dort zankten Zesen und Birken den toten Opitz aus, dessen Versregeln starre Zäune genannt und dessen Wortbilder als farblos gescholten wurden. Beide Neutöner klagten Rist, Czepko und (hinter der Hand) Simon Dach des ewigen „Opitzierens" an. Dagegen empörte sich Rist, der mit Weckherlin und Lauremberg saß, über die Unmoral der Pegnitz-Schäfer: In Nürnberg lasse man bei den Sitzungen des Blumenordens sogar Weiber zu. Ein Glück, daß Dach keine Frauenspersonen geladen habe. Deren gereimtes Seelengebräu sei ja neuerdings à la mode.
Woanders stand man um den sitzenden, mit seinen dreißig Jahren schon rundum beleibten Gryphius. Trauer und Weltekel mochten ihn so gebläht haben. Sein überall spannender Bürgerrock. Sein schon zur dritten Wölbung bereites Doppelkinn. Er sprach mit Verkünderstimme und konnte donnern, selbst wenn ihm Blitze fehlten. In kleinem Kreis sprach er hallend die Menschheit an, wobei die Frage, was der Mensch sei, in immer neuen, sich löschenden Bildern Antwort fand: Blendwerk ringsum. Gryphius nichtete. Immer war ihm das, was er tat, ekelhaft. So heftig er schreiben mußte, so wörterspeiend schwor er immer wieder dem Schreiben ab. Auch lief sein Überdruß an allem Geschriebenen oder gar Gedrucktem Hand in Hand mit seiner Lust, alles Geschriebene, etwa Trauerspiele, die ihm neuerdings von der Hand gingen, oder Schimpf- und Lustspiele, die er plante, bald gedruckt zu sehen. Deshalb konnte er – soeben noch wortmächtige Szenen entwerfend – ohne Übergang „vom Tichten und solchem Tand" Abschied nehmen: Das alles sei im Entstehen Zerfall schon. Er wolle, wo doch nun Frieden werde, lieber sich nützlich machen. Gedrängt werde er schon lange von den Glogauer Ständen, deren Syndikus zu sein. So sehr er vormals des Opitz wendige Diplomatie verabscheut habe, so notwendig sei ihm heute die dem Gemeinwohl nützliche Tat. Wenn, mehr noch als das wüste Land, ringsum Gesetz und Sitte in Trümmern lägen, müsse dem Chaos zuvörderst Ordnung geboten werden. Einzig die gebe den blindlings irrenden Menschen halt. Mit blumigen Schäfereien und Klinggedichten sei nichts getan.

Solche dem geschriebenen Wort abschwörende Rede reizte den beiseite stehenden Logau zu druckfertigen Sätzen: Das gäbe ledern Brot, wenn der Schuster Bäcker sein wolle. Und Weckherlin sagte: Seine bald dreißig Jahre Staatsplackerei hätten keine seiner Oden aufwiegen können: die wolle er alle, die jungen und die altersschwachen, demnächst in Druck geben.
Desgleichen ließen sich die bisher zurückhaltenden Verleger durch Gryphius' Rede, die in immer neuen Bildern den Tod der Literatur und die ordnungschaffende Herrschaft der Vernunft verkündeten, nicht davon abhalten, um den Tisch zu wieseln und nach geglückten Manuskripten zu fahnden. Weckherlins Neudruck war schon nach Amsterdam vergeben. Moscherosch ließ sich von dem Hamburger Buchhändler Naumann umwerben. Nachdem der Verleger Endter mit Rist, der bislang in Lüneburg hatte drucken lassen, so gut wie einig geworden war über ein umfänglich den bevorstehenden Frieden feierndes Manuskript, versuchte er, im Wettstreit mit dem Straßburger Mülben und dem Holländer Elzevihrn, den findigen Hoffmannswaldau zu bewegen, ihnen – dem einen, dem anderen oder dem dritten – das Trutznachtigallen-Manuskript des toten Jesuiten Spee zu verschaffen: Wenn es nur gut sei, wolle man auch Papistisches drucken. Und Hoffmannswaldau gab dem einen, dem anderen, dem dritten Hoffnung. Er soll – so lästerte später Schneuber – von allen dreien Vorschuß kassiert haben; doch gedruckt ist des Friedrich von Spee „Trvtz-Nachtigal" erst im Jahr neunundvierzig bei Friessem im katholischen Köln.
Darüber nahm der Abend zu. Einige Herren wollten sich noch im Garten der Wirtin bewegen, wurden aber bald von den Mücken vertrieben, die von der Ems her in Schleiern herüberwehten. Dach wunderte sich über den zähen Fleiß der Libuschka, die inmitten Wildnis, gegen Nesseln und Disteln ankämpfend, ihr Gemüse zog. So mutig habe sein Albert auf der Pregelinsel Lomse sein Gärtchen um die Kürbishütte erobert. Nichts sei von der geblieben. Bald bleibe einzig die Blume jetziger Tage, die Distel, zu loben – als Sinnbild widriger Zeit.
Dann standen sie noch ein Weilchen im Hof oder vertraten sich zur äußeren Ems hin die Beine, wo leer eine Walk-

mühle stand. Jetzt sah man, daß, vorgelagert der Stadt, zwischen den Flußarmen eine Insel, der Emshagen, Ort ihrer Versammlung war. Sie sprachen fachmännisch über die schadhafte und turmlose Stadtmauer und bewunderten Moscheroschs Tabakspfeife. Sie schwatzten mit den Mägden, von denen eine Elsabe (wie des toten Fleming Geliebte) hieß, und redeten, von den Hofhunden umsprungen, die angepflockten Maulesel lateinisch an. Sie machten launige oder spitze Bemerkungen gegen- und übereinander und stritten ein wenig, ob man nach Schottels lehrreicher Farbskala das Haar der Wirtin Libuschka „pech- oder kohlschwarz" und den dämmernden Abend „eselfahl" nennen dürfe. Sie lachten über Greflinger, der sich, nach der Manier schwedischer Fähnriche, breitbeinig zwischen die Musketiere gestellt hatte und von seinen Feldzügen unter Baner und Torstenson erzählte. Grad wollten sie sich in Gruppen über die Hauptstraße zum Emstor hin bewegen – denn noch immer war ihnen Telgte ein unbekannter Ort –, da ritt einer der kaiserlichen Reiter aus des Stoffels Abteilung in den Hof, übergab Gelnhausen, der mit der Wirtin und dem Feldwebel der Musketiere im Stalltor stand, einen Nachrichtenstab – und bald wußten es alle: Trauttmannsdorff, des Kaisers Oberunterhändler, war plötzlich – man schrieb den 16. Juli –, und zwar betont gutgelaunt, aus dem Stift Münster nach Wien abgereist, den Kongreß und dessen verhandelnde Parteien verstört zurücklassend.
Sogleich wurde das Gespräch politisch und verlagerte sich in die Kleine Wirtsstube, wo ein neues Faß Braunbier angezapft wurde. Nur die Jungen – Birken, Greflinger und zögernd der Student Scheffler – blieben mit Zesen im Hof und machten sich an die drei Mägde ran. Jeder griff zu oder wurde (wie Scheffler) gegriffen; nur Zesen ging leer aus und lief, von Greflingers Spott verletzt, zum Fluß, wo er mit sich allein sein wollte.
Doch kaum sah ich ihn über der äußeren Ems stehen, die sich tief in Sandgrund gebettet hatte, trieben zwei aneinandergebundene Leichen gegen das Ufer: die waren, obgleich gedunsen, kenntlich als Mann und Frau. Nach kurzem Zögern – für Zesen verging eine Ewigkeit – lösten die beiden ihr Fleisch aus dem Weidengeschling, kreiselten in der Strömung, waren verspielt miteinander, entkamen dem

Strudel, glitten flußab zu den Mühlwehren hin, wo der Abend in Nacht überging, und ließen nichts zurück; es sei denn mögliche Wortbilder, die Zesen sogleich mit gesucht neuen Klingwörtern aufzufüllen begann. Weil von Sprache bedrängt, blieb ihm nicht Zeit, sich zu entsetzen.

7

In der Kleinen Wirtsstube wurden beim Bier Vermutungen gehandelt. Sein Lächeln – und Trauttmannsdorff gelte als grämlicher Mann – könne nur Triumph der Papisten, Vorteil Habsburgs, weiteren Verlust für das protestantische Lager und abermals verschobenen Frieden bedeuten, sagten die Herren einander, ihre Befürchtungen steigernd. Besonders die Schlesier sahen sich preisgegeben. Czepko ahnte: Jetzt werde man endgültig den Jesuiten geliefert.
Sie rückten von Gelnhausen ab, der den plötzlichen Aufbruch des kaiserlichen Gesandten mit Spott quittierte: Wen das denn wundere, wo doch Wrangel, seitdem er den gichtigen Torstenson abgelöst habe, nur noch in seine Tasche Privatkrieg führe und lieber, auf Beute aus, in Bayern einfalle, als durch das ausgemergelte Böhmen gegen Wien zu ziehen. Außerdem sei die protestantische Sache beim Franzos nicht allzu löblich aufgehoben, weil – was man in Paris als Liedchen singe – die österreichische Anna dem Mazarin die Socken stopfe, während der Kardinal ihr die königliche Courage salbe.
Ja, rief die Wirtin Libuschka, den Handel kenne sie seit Mägdleins Zeiten. Siebenmal sei sie zumeist kaiserlichen, aber auch hessischen Rittmeistern und einmal beinahe einem dänischen angetraut gewesen. Und jedesmal, ob ein Pfaff oder ein Lutherischer den Segen dazu gegeben hätte, als Courage bedient und beschimpft worden. So seien die Herren! Der eine wie der andere. Und der Stoffel, den man in Hanau schon, später in Soest, zuletzt im Sauerbrunnen, als sie sich die lieblichen Franzosen habe auskurieren müssen, den Simpel genannt hätte – Lauf Simpel! Komm Simpel! Mach Simpel! –, der habe auch nicht mehr hinterm Latz als ihre abgelebten Rittmeister.
„Halt 's Maul, Courage, sonst stopf ich dir deine!" schrie

Gelnhausen. Ob sie nicht wisse, daß seit der schwäbischen Kur noch eine Rechnung offen sei?
Sie werde ihm seine bald aufmachen, ihm alle Bälger abkassieren, die ihm, dem windigen Simpel, in wechselnden Quartieren nachgeboren wären.
Was die Courage von Bälgern schwatze, wo sie keinen Balg auf die Welt gebracht habe, nur taub auf dem Esel hocke, der nichts als Disteln fresse. Sie selber sei eine Distel, die man stechen müsse, wo sie treibe. Bis zur Wurzel stechen müsse!
Worauf die Wirtin Libuschka, als habe Gelnhausen sie wahrhaftig gestochen, auf den Tisch sprang, zwischen den Braunbierkrügen stampfte, bis die Krüge tanzten, plötzlich alle Röcke hob, die Pluderhosen fallen ließ, ihm, dem Stoffel, den Arsch kehrte und zielgenau Antwort gab.
„Was, Gryf!" rief Moscherosch. „Die könnt den Skribenten teutscher Tragödien treffliche Dialoge und Aktschlüsse setzen."
Alle lachten. Sogar aus dem zuvor verfinsterten Gryphius brach nun Gelächter. Weckherlin wollte den „couragierten Donner" wiederholt hören. Und weil Logau eine Sentenz einfiel, nach der dem Furz höherer Sinn zukomme, als ihm anzuhören sei, war die Gesellschaft bald über den Kummer hinweg, den die Nachricht von des Trauttmannsdorff plötzlicher Abreise eingerührt hatte. (Nur Paul Gerhardt suchte entsetzt seine Kammer. Ahnte er doch, welche Wendung der Afterwind der Wirtin dem Gespräch der Herren geben würde.)
Beim Braunbier wußten sie füreinander derbe und hintersinnige Anekdoten. Moscherosch hielt davon mehrere ungedruckte Kalender bereit. Mit mehr verhüllenden als aufdeckenden Wendungen erzählte Hoffmannswaldau, wie kraus es Opitz in Breslau mit etlichen Bürgertöchtern getrieben hätte und doch um die Alimente herumgekommen sei. Der alte Weckherlin leerte den Londoner Sündenpfuhl aus, wobei es ihm sonderlich Spaß machte, die puritanischen Heuchler der neuen Herrschaftsklasse nackt daherlaufen zu lassen. Von Schneuber hörte man Anzüglichkeiten über fürstliche Damen, die sich im Kreis der Tannengesellschaft nicht nur dichtend und reimend um Rompler gelagert hatten. Natürlich trug Lauremberg bei. Jeder machte

sein Faß auf. Sogar Gryphius gab dem Drängen nach und tischte ein paar Mitbringsel seiner Italienreise: verhurte Mönchsgeschichten zumeist, die Harsdörffer zu überbieten versuchte und Hoffmannswaldau zu Drei- und Vierecksgeschichten variierte; wobei sie sich zu dritt ihre Gelehrtheit bestätigten, indem sie, einen Hurenritt einleitend oder eine Kuttenposse ausklingen lassend, ihre welschen Literaturquellen bekanntmachten.
Als Simon Dach staunend sagte, er lebe offenbar am falschen Ort, solche Begebenheiten könne er aus dem Königsbergischen Kneiphof nicht melden, dort gehe es zwar kräftig zu, aber niemals dermaßen kreuz über quer, fand man seinen Beitrag besonders lustig. Und hätten nicht, von Harsdörffer und noch wem gestachelt, die Wirtin Libuschka und Gelnhausen (sie mit ihm, dem „Simpel!", vorübergehend versöhnt) einige Geschichten, er aus seinem Soldatenleben – die Schlacht bei Wittstock –, sie aus ihrer Marketenderinnenzeit im Lager vor Mantua erzählt, dann etliche „Beyschläfereien" aus ihrer gemeinsamen Sauerbrunnenkur geboten, wäre es mit dem Geschichtenerzählen und Faßaufmachen unterhaltsam weitergegangen. Doch als die beiden jene schrecklichen Einzelheiten reihten, die sich in Magdeburg zugetragen hatten, als Tilly mit seinem Greuel über die Stadt gekommen war, lähmte die Art des Berichtes: frech zählte die Libuschka auf, wieviel Gewinn sie aus Plünderungen gezogen. Sie prahlte mit Körben voller Goldklunkerketten, die sie den hingemachten Weibern vom Hals geschnitten hatte. Endlich stieß Gelnhausen sie an, damit sie verstumme. Das Elend Magdeburgs ließ nur noch Schweigen zu.
In die Stille hinein sagte Dach: Es sei nun spät genug, Schlaf zu suchen. Der ungeschminkte Bericht des Stoffel und mehr noch der Wirtin, zu dem man leichtfertig beide aufgefordert habe, zeige deutlich, wo das Gelächter seine Grenze finde, wie teuer man für zuviel Gelächter zahle, weshalb sie nun alle, mit ihrem Gelächter im Hals, zu schlucken hätten. Das komme, weil selbst dem feinsten Gemüt das Grauen gewöhnlich geworden sei. Möge ihnen der Herrgott verzeihen und wohltun in seiner Güte.
Wie Kinder schickte Dach die Gesellschaft ins Bett. Es gab auch keinen letzten Schluck mehr, auf dem Lauremberg

und Moscherosch bestehen wollten. Er wünsche kein Gelächter, auch kein leises mehr zu hören. Es sei genug Witz vergeudet worden. Zum Glück habe der fromme Gerhardt frühzeitig in seine Kammer gefunden. Eigentlich hätte Rist – sonst stark im Predigen – die um sich greifende Maulhurerei beenden müssen. Neinnein, er zürne niemandem. Schließlich habe er mitgelacht. Jetzt gebe es nichts mehr zu sagen. Erst morgen, sobald wieder zu jedermanns Nutzen vom Manuskript gelesen werde, wolle er gerne mit allen, wie man ihn kenne, heiter sein.
Als es still war im Haus – nur die Wirtin räumte in der Küche und mochte Gelnhausen bei sich haben –, ging Simon Dach noch einmal die Flure ab und sah auf den Dachboden, wo das Strohlager der Jungen war. Dort lagen sie und hatten die Mägde bei sich. Birken lag wie ein Kind gehalten. Wie tief sie sich erschöpft hatten. Nur Greflinger schreckte auf und wollte sich erklären. Doch Dach gab mit den Fingern ein Zeichen, still und unter der Decke zu bleiben. Mochten sie es miteinander haben. Nicht hier im Stroh, in der Wirtsstube war man sündig geworden. (Und ich hatte mitgelacht, hatte mir Geschichten einfallen lassen, hatte Anstoß geben und – wenn schon dabei – zwischen den Spöttern sitzen wollen.) Nach letztem Hinblicken freute sich Dach, weil auch der stille Scheffler zu einer Magd gekommen war.
Als er endlich in seine Kammer wollte – sei es, um einen Brief zu beginnen –, hörte er vom Hof her Pferde, Wagenräder, die Hunde, dann Stimmen. Das wird mein Albert sein, hoffte Dach.

8

Er kam nicht allein. Der Königsberger Domorganist Heinrich Albert, der sich als Tonsetzer und Herausgeber gesammelter Lieder, seiner laufend erscheinenden „Arien", über Preußen hinaus einen Namen gemacht hatte, brachte mit sich seinen Vetter, den kursächsischen Hofkapellmeister Heinrich Schütz, der ohnehin nach Hamburg und weiter nach Glückstadt wollte, wo er die ersehnte Einladung an den dänischen Hof zu finden hoffte: in Sachsen hielt ihn

nichts mehr. Anfang der Sechziger, in Weckherlins Alter also, doch straffer als der vom Staatsdienst verbrauchte Schwabe, war Schütz ein Mann von entrückter Autorität und strenger Größe, die niemand (auch Albert nur annähernd) fassen konnte. Sein nicht etwa herrischer, eher der vermeintlichen Störung wegen bekümmerter Auftritt hob die Versammlung der Dichter in Telgte und gab dem Treffen andererseits kleineres Maß. Jemand, den keine Gruppe aushalten konnte, war zu ihnen gekommen.
Ich will nicht klüger als damals sein – doch das wußten alle: So unangefochten Schütz seinen Gott begriff und so ergeben er sich, trotz wiederholter dänischer Angebote, seinem Fürsten bewiesen hatte, war er dennoch einzig dem eigenen Anspruch untertan geblieben. Niemals, selbst nicht in Nebenprodukten, hatte er das Mittelmaß protestantischer Alltagserwartungen erfüllt. Seinem Kurfürsten und dem dänischen Christian war an höfischer Musik nur das Notwendigste zugekommen. Obgleich immer tätig – wie mitten im Leben stehend –, verweigerte er die üblichen Geschäftigkeiten. Verlangten die Verleger seiner Werke dem Kirchgebrauch dienliche Zusätze, etwa die Notierung des Generalbaß, so bedauerte Schütz im jeweiligen Vorwort die Beigabe und warnte vor ihrem Gebrauch: Es dürfe der basso continuo, wenn schon, dann nur ein selten gerufener Nothelfer sein.
Da keiner wie er aufs Wort setzte und seine Musik einzig dem Wort zu dienen hatte, es deuten, beleben, seine Gesten betonen und in jede Tiefe, Weite und Höhe versenken dehnen erhöhen wollte, war Schütz streng mit Wörtern und hielt sich entweder an die überlieferte lateinische Liturgie oder an Luthers Bibelwort. Dem Angebot der zeitgenössischen Dichter hatte er sich in seinem Hauptwerk, der geistlichen Musik, bis auf die Ausnahmen des Beckerschen Psalter und einiger Texte des jungen Opitz, bisher versagt; die deutschen Poeten hatten ihm nichts zu sagen gehabt, so dringlich er uns mit Wünschen nach Texten gekommen war. Deshalb erschrak Simon Dach, bevor er sich freuen konnte, als er den Namen des Gastes hörte.
Sie standen eine Weile im Hof und wechselten Höflichkeiten. Immer wieder entschuldigte sich Schütz als ungeladener Gast. Wie um sich einzuführen, beteuerte er: Es seien

ihm einige anwesende Herren (Buchner, Rist, Lauremberg) seit Jahren bekannt. Andererseits versuchte Dach, die ihnen widerfahrene Ehre in Worte zu bringen. Des Gelnhausen kaiserliche Wache hielt sich mit Fackeln im Hintergrund, meinten die Musketiere doch, der Ankunft eines Fürsten beiseite zu stehen, auch wenn dessen Reisekleidung bürgerlich und sein Gepäck an zwei Griffen zu tragen war. (Der andere Gast mochte des Fürsten Kammerherr sein.)
Man war über Oesede gekommen und hatte dort den Hinweis nach Telgte gefunden. Weil Schütz mit kursächsischem Geleitbrief reiste, konnte ihr Wagen leicht frisch bespannt werden. Als wollte er sich ausweisen, zeigte er mit kindisch anmutendem Stolz das Schreiben und plauderte dabei: Nichts Hinderliches sei ihnen unterwegs widerfahren. Der Vollmond habe die flache Gegend ausgeleuchtet. Die liege brach und wüst. Jetzt sei man müder als hungrig. Wenn sich für ihn kein übriges Bett finde, wolle er gern auf der Ofenbank schlafen. Er kenne Gasthöfe. Es habe sein Vater in Weißenfels an der Saale den Schützenhof betrieben: ein oft überfülltes Haus.
Nur mit Mühe gelang es Dach und Albert, den Hofkapellmeister zu bewegen, die Dachsche Kammer zu beziehen. Als sich die Wirtin (mit Gelnhausen im Hintergrund) zeigte und den Namen des Gastes hörte, war sie bald eilfertig und begrüßte ihn mit italienischem Schwall als „Maestro Sagittario". Noch erstaunter – und Schütz ein wenig erschrocken – waren alle im Hof, als Gelnhausen plötzlich und nachdem er sich schon dienstfertig zwischen das Gepäck des späten Gastes gestellt hatte, mit angenehmem Tenor aus den „Cantiones sacrae", einem eher überkonfessionellen, deshalb bis in katholische Gegend verbreiteten Werk den Anfang der ersten Motette zu singen begann: „O bone, o dulcis, o benigne Jesu..."
Sich erklärend sagte der Stoffel: Er habe als Troßbub in Breisach, als die Stadt von den Weimarern belagert wurde, im Chor gesungen, weil das Singen gegen den Hunger helfe. Dann griff er zum Gepäck und zog mit Schütz alle anderen nach sich, zum Schluß die Wirtin; sie trug, auf Wunsch des Gastes, einen Krug Apfelmost in die Kammer, dazu vom Schwarzbrot.
Später bereitete die Libuschka in der Kleinen Wirtsstube

ein Notlager für Dach und Albert, die sich geweigert hatten, den Verschlag der Wirtin neben der Küche zu beziehen. Sie redete besonders auf Albert ein: Wie schwer es einer alleinstehenden Frau falle, sich in gegenwärtiger Zeit ehrbar zu halten. Wieviel Schönheit sie vormals besessen und welcher Schaden sie klüger gemacht habe... Endlich zog der Stoffel sie aus der Tür. Ein ganz besonderer Kitt zwang ihn und die Courage zum Paar.
Doch kaum waren die beiden gegangen, kam neue Störung über die Freunde. Im seitlichen offenen Fenster der Wirtsstube zeigte Zesen sein entsetztes Gesicht: Er komme vom Fluß. Der führe Leichen. Zuerst habe er nur zwei treiben sehen. Die hätten ihn, weil aneinandergebunden, an seinen Markhold und dessen Rosemunde gemahnt. Dann seien mehr, immer mehr Leichen flußab gekommen. Der Mond habe ihr treibendes Fleisch gezeigt. Er finde nicht Worte, so viel Tod zu benennen. Schlimme Zeichen stünden über dem Haus. Nie werde Frieden werden. Weil man die Sprache nicht rein halte. Weil die entstellten Wörter zu treibenden Leichen gedunsen seien. Er wolle niederschreiben, was er gesehen. Genau. Sofort. Und nie gehörten Klang finden.
Dach schloß das Fenster. Nun erst, nachdem sie zuerst erschreckt, dann belustigt den wirren Zesen angehört hatten, waren die beiden Freunde mit sich allein. Sie umarmten sich immer wieder, dabei einander den Rücken klopfend und breitmäulige Zärtlichkeiten brummelnd, die in kein dactylisches Versmaß gepaßt hätten. Zwar hatte Dach vorhin die Gesellschaft wegen allzu zotiger Geschichten ohne Nachttrunk in die Kammern geschickt, doch nun goß er seinem Albert und sich Krüge voll Braunbier ein. Mehrmals stießen sie an.
Als beide im Dunkeln lagen, erzählte der Domorganist, wie schwer es gewesen sei, Schütz hierher zu bewegen. Sein Mißtrauen den Dichtern und ihren viel zu vielen Wörtern gegenüber habe sich während der letzten Jahre ausgewachsen. Nachdem ihm Rist nichts geliefert hätte und ihm mit Laurembergs Libretti am dänischen Hof nur schlecht gedient worden sei, habe er sich auf eines der Schottelschen Singspiele eingelassen. Dessen Wortgestelze verdrieße ihn immer noch. Nicht die Verwandtschaft mit ihm, einzig die

Hoffnung, daß Gryphius womöglich Dramatisches, geeignet als Vorlage für eine Oper, lesen werde, habe seinen weitberühmten Vetter zum Abzweig nach Telgte verleiten können. Hoffentlich finde der eine oder andere Text Gnade vor seiner Strenge.
Und Simon Dach war im Dunkeln besorgt, ob sich der literarische Haufe, so quergemischt und allzeit zum Streit gestimmt er sei, dennoch manierlich betragen werde bei so hohem Besuch: der wilde Greflinger, der schwierige Gerhardt, der, wie vorhin noch, so leicht gereizte und schier verrückte Zesen...
Bei solchen Sorgen überkam beide der Schlaf. Nur das Gebälk des Brückenhofes blieb wach. Oder geschah sonst noch was in der Nacht?

9

In seiner Kammer, die er mit seinem Widerpart Rist teilte, reihte Zesen noch lange Klangwörter, bis er über einem Vers, in dem dunsig dunsende Leichen dem Fleisch der Rosemunde und seinem Fleisch gleichen sollten, in Schlaf fiel.
Inzwischen war von Osnabrück über die Ems, am Brückenhof vorbei, ein Kurier nach Münster unterwegs; ein anderer ritt in umgekehrte Richtung: beide eilten mit Neuigkeiten, die sich, ans Ziel gebracht, veraltet lasen. Die Hofhunde schlugen an.
Dann stand der volle Mond, nachdem er sich lange Zeit über dem Fluß gefallen hatte, über dem Wirtshaus und seinen Gästen. Seinem Einfluß entzog sich niemand. Von ihm ging Wechsel aus.
Deshalb werden sich auf dem Dachboden die drei Paare im Stroh anders und jeweils gegenteilig gebettet haben; denn als sie im Morgengrauen erwachten, fand sich Greflinger, der zu Beginn der Strohlagernacht bei der zierlichen Magd gelegen hatte, nun bei der knochigen, die Marthe hieß. Die füllige Magd jedoch, die namens Elsabe anfangs dem stillen Scheffler beigelegen war, sah sich bei Birken liegen, während die zierliche Magd Marie, die zuerst Greflinger zugefallen war, nun mit Scheffler wie verkettet im Schlaf lag. Und wie sie aneinander erwachten und sich (vom Mond be-

wegt) fremd gepaart sahen, wollten sie so nicht liegen, wußten aber nicht mehr namentlich, mit wem sie sich anfangs ins Stroh geworfen hatten. Zwar meinte jeder und jede, bei neuem Wechsel jetzt wieder richtig zu liegen, aber der längst woanders volle Mond wirkte noch immer. Wie von jener untreuen Flora gerufen, die seinen Liedern Schmelz gegeben hatte, doch seit Jahren eines anderen Eheweib war, kroch der überall, auch den Rücken lang schwarzhaarige Greflinger zur fülligen Magd Elsabe; die zierliche Marie warf sich dem engelhaften Schmollmund Birken zu, der immer, ob bei der knochigen, der fülligen, nun der allerzierlichsten Magd, bei Nymphen zu liegen glaubte; und die lange grobknochige Marthe zwang Scheffler zwischen ihr Gliederwerk, um ihm, wie es zuvor die fleischige Magd und die zierlichste aller Mägde getan, jene Verheißung zu erfüllen, die ihm am Vortag das hölzerne Telgter Vesperbild bedeutet hatte. Und Mal nach Mal wollte dem schmächtigen Studenten mit dem Erguß die Seele in Fluß geraten.
So kam es, daß alle sechs zum drittenmal das Stroh auf dem Dachboden zu dreschen begannen, worauf jeder mit jeder und jede mit jedem bekannt war; kein Wunder, daß die Beischläfer nicht hörten, was sonst noch in den frühen Morgen hinein geschah.
Ich weiß es. Da führten fünf Reiter ihre gesattelten Pferde aus dem Stall in den Hof. Gelnhausen war dabei. Keine Tür knarrte, kein Eisen schlug an. Ohne Laut gingen die Pferde im Schritt. Mit Lappen waren die Hufe umwickelt. Und mit sicherer Hand – kein Leder klatschte, im Spund die Deichsel geölt – bespannten zwei Musketiere einen der Planwagen, den die Kaiserlichen in Oesede requiriert hatten. Ein dritter trug für die beiden und sich die Musketen herbei und schob sie unter die Plane. Kein Wort mußte gewechselt werden. Alles lief ab wie geübt. Die Hofköter kuschten.
Nur die Wirtin des Brückenhofes flüsterte mit Gelnhausen, dem sie Anweisungen geben mochte, denn der Stoffel, schon hoch zu Roß, nickte mehrmals und setzte ihrem Gerede Punkte. Als sei es ihr vorgeschrieben, stand die Libuschka (vormals Courage gerufen) in eine Pferdedecke gewickelt, dem einstigen Jäger von Soest daneben, dem immer noch (schon wieder) das grüne, gülden geknöpfte Wams zum Federhut kleidsam war.

Einzig Paul Gerhardt erwachte in seiner Kammer, als das Gespann den Planwagen anzog und die Kaiserlichen vom Hof ritten. Gerade noch sah er, wie sich Gelnhausen im Sattel wendete, seinen Degen zog und mit der freien Hand lachend der Wirtin winkte, die kein Zeichen zurückgab, sondern starr unter der Decke auch dann noch im Hof stand, als Reiter und Wagen schon von den Erlen verdeckt und bald vom Emstor verschluckt waren.
Jetzt begannen die Vögel. Oder erst jetzt hörte Gerhardt, mit wieviel Vögeln der Morgen um Telgte begonnen hatte. Die Lerchen, die Finken, Amseln, Meisen, die Stare. Im Holundergebüsch hinterm Stall, aus der Rotbuche, die mitten im Hof stand, aus den vier Linden, die der Wetterseite des Brückenhofes vorgepflanzt waren, im Wildwuchs der Birken und Erlen, die vom Gestrüpp des äußeren Emsufers eingeholt standen, auch aus den Nestern, die sich die Sperlinge in das verwitterte, zum hinteren Giebel schadhafte Reetdach gebaut hatten, von überall her begann mit den Vögeln der Morgen. (Hähne gab es nicht mehr am Ort.)
Als sich die Wirtin Libuschka aus ihrer Haltung löste und langsam, unter Kopfwiegen, bei weinerlichem Gebrabbel vom Hof schlurfte, war sie, die gestern krakeelig den Ton angegeben und den Herren als immer noch tüchtiges Ziel gegolten hatte, nun eine alte Frau: alleingelassen mit sich, in ihre Pferdedecke gehüllt.
Weshalb Paul Gerhardt, der jetzt erst sein Morgengebet zu sprechen begann, die arme Courage in seine Fürbitte einschloß: Es möge der Herrgott und barmherzige Vater das unselige Weib, um ihrer Sünden wegen, nicht allzu hart mit seinem Zorn strafen und künftigen Frevel ihr nachsehen, weil ja der Krieg dieses Weib so gemacht und mit ihr manchen Frommen vertiert habe. Dann bat er, wie seit Jahren schon jeden Morgen, um baldigen Frieden, der allen Rechtgläubigen Schutz, den Irrenden aber und Leugnern des wahren Gottes entweder endliche Einsicht oder verdiente Strafe bringen solle. Zu den Irrenden zählte der fromme Mann nicht nur, wie hergebracht für einen strenggläubigen Altlutheraner, die Katholischen der pfäffischen Partei, sondern auch Hugenotten, Zwinglianer und Calvinisten, desgleichen alle mystischen Schwärmer; weshalb ihm die schlesische Frömmigkeit unheimlich war.

Nur in seinem Begriff von Gott war Gerhardt fromm – und in seinen Liedern, die weiter trugen, als er in seiner Enge dulden wollte. Seit Jahren schon, solange er sich im städtischen Berlin als Hauslehrer mühte und vergeblich auf eine Pfarrei hoffte, kamen ihm einfache Wörter, die gering an Zahl dennoch genug waren, um immer neue Lieder für die lutherischen Kirchgemeinden vielstrophig zu reimen, so daß man überall beim Hausgebrauch und wo der Krieg Kirchen gelassen hatte (bis in katholische Gegend hinein) dem frommen Gerhardt nachsang: auf alte Weise und nach schlichten Melodien, die ihm Crüger und später Ebeling setzten; etwa das Morgenlied „Wach auf, mein hertz, und singe...", dessen erste Strophe „...dem Schöpfer aller Dinge, dem Geber aller Güter, dem frommen Menschenhüter..." unterwegs nach Telgte zu Papier gekommen war und bald darauf neunstrophig von Johann Crüger vertont werden sollte.

Selbst wenn Gerhardt gekonnt hätte, wollte er anderes, Oden, kunstvolle Klinggedichte, Satirisches oder verbuhlte Schäfereien gar, nicht und für niemand schreiben. Er war kein Literat und hatte mehr vom Volkslied übernommen als von Opitz (und dessen Sachwalter Buchner) gelernt. Seine Lieder nahmen Natur auf und redeten nicht in Figuren. Deshalb hatte er sich anfangs geweigert, beim Poetentreffen dazwischen zu sein. Einzig Dach zum Gefallen, dessen praktische Frömmigkeit gerade noch in seinen Religionsbegriff paßte, war er gekommen, um dann doch, wie vorgeahnt, Anstoß zu nehmen an jedermann: an des Hoffmannswaldau unablässigem Wortwitz, am eitlen, noch immer nicht leergemolkenen Weltekel des Gryphius, am wirren Schöngeschwätz des angeblich so begabten Zesen, an Laurembergs ewigem Aufguß der nämlichen Satire, an Czepkos pansophischen Zweideutigkeiten, Logaus Lästerzunge, Rists Getöse und am geschäftigen Hin und Her der Verleger. All das, der Literaten schnellfertige Rederei und ihr allzeit vorgestelltes Vielwissen, war ihm dergestalt zuwider, daß er, der nur für sich (seinen Eigensinn) stand und keiner Dichtergesellschaft zugezählt wurde, kaum angekommen wieder nach Hause wollte; aber der fromme Mann blieb.

Und als Paul Gerhardt, nach der Fürbitte für die verruchte Wirtin und der Verdammung der Feinde des wahren Glau-

bens, in seinem Morgengebet fortfuhr, flehte er lange um Erleuchtung seines calvinistischen Landesfürsten, der zu Hunderten Hugenotten und sonstige Irrläufer als Neusiedler in die Mark rief, weshalb ihn Gerhardt nicht lieben konnte. Dann schloß er die Dichter in sein Gebet ein.
Er bat den allmächtigen Gott und Vater, die hochgelehrten und dennoch abgrundtief irrenden Herren, den weltklugen Weckherlin und den aus dunkler Herkunft zwielichtenden Moscherosch, den schlimmen Greflinger und sogar den närrischen Stoffel, obzwar der katholisch, mit rechten Worten zu begaben. Die Finger verschränkt, rang er seiner Inbrunst die Bitte ab: Es möge die Versammlung in allem seine, des höchsten Richters Herrlichkeit preisen.
Seinem Morgengebet nachgestellt, erbat er für sich die langerhoffte Zuweisung einer Pfarrei, wenn möglich im Märkischen; doch erst vier Jahre später wurde Paul Gerhard Propst von Mittenwalde, wo er endlich die schon angejahrte Liebe seiner Hauslehrerzeit, seine Schülerin Anna Berthold, heiraten durfte und weiterhin Strophenlied nach Strophenlied schrieb.
Da schlug Simon Dach in der Kleinen Wirtsstube die Glocke an. Wer noch nicht wach war, fiel aus dem Schlaf. Die Jungen fanden sich auf dem Dachboden ohne Mägde im Stroh. Marthe, Elsabe und Marie waren schon in der Küche rührig. Sie schnitten Altbrot in die Morgensuppe, von der auch Heinrich Schütz aß, als er fremd und doch allen bekannt zwischen Gerhardt und Albert am langen Tisch saß.

10

Mit so viel Glanz begann dieser Sommertag. Durch alle Fenster drängte Licht und gab dem von Mauernässe kühl gehaltenen Haus einen Anflug Wärme. Hinzu kam die Freude der Herren über den hohen Besuch.
Gleich nach der Morgensuppe, noch in der Kleinen Wirtsstube (und nachdem diesmal Czepko das Dankgebet gesprochen hatte), sagte Simon Dach stehend zu allen: Es solle, bevor man sich wieder über die Manuskripte mache,

der weitberühmte Gast herzlich begrüßt werden, doch müsse das eingehender geschehen, als er, ein bloßer Liebhaber der Musik, es leisten könne. Sein Albert – wie er den Domorganisten nannte – kenne sich besser aus in Motetten und Madrigalen. Ihm sei, bei fehlendem Wissen, nur staunende Ehrfucht geboten. Er tauge allenfalls für Generalbaßliedchen. – Dann setzte er sich: erleichtert.

Nach umständlicher Anrede breitete Heinrich Albert zuerst den Lebenslauf des Gastes aus: Wie der junge Schütz, obgleich von den Eltern für das Studium der Rechte bestimmt, anfangs vom Landgrafen zu Kassel, dann vom kursächsischen Fürsten gefördert das Tonsetzen gelernt habe, und zwar in Venedig beim weitberühmten Gabrieli, dem er als Organist beider Orgeln am Dom San Marco hätte folgen können, doch sei ihm die Rückkehr ins Vaterland gewichtiger gewesen. Erst viel später, als sich der Krieg schon dem Land mörderisch auszahlte, habe er abermals Urlaub nach Italien genommen, um sich beim weitberühmten Monteverdi weiterzubilden, worauf er, jenem ebenbürtig, mit der neuesten Musik zurückgekommen sei, nun so vermögend, daß er der Menschen Jammer und Freude habe tönen lassen können: ihr banges Stillewerden und ihren Zorn, ihr müdes Wachen und ihren verschreckten Schlaf, ihr Todessehnen und ihre Furcht vor Gott, auch dessen Lob und Güte. Das alles zumeist nach den einzig wahren Worten der Schrift. Und zwar in Werken ungezählt. Sei es in Geistlichen Konzerten oder in Musikalischen Exequien, sei es in seiner Auferstehungshistorie oder – wie vor zwei Jahren noch – in der Passionsmusik von des Herrn sieben Worten am Kreuz. Das seien alles strenge und zarte, schlichte und kunstreiche Gebilde in einem. Weshalb sich das meiste für den gemeinen Kantor und den nur dürftig geschulten Choristen als zu schwierig erwiesen habe. Er selber sei oft an der vertrackten Mehrstimmigkeit verzweifelt, so kürzlich noch, als er zum Reformationsfest mit seinem Kneiphöfischen Chor den achtundneunzigsten Psalm „Singet dem Herrn" versucht und an dessen Doppelchörigkeit das Scheitern gelernt habe. Doch wolle er dem Meister, bei so freudiger Gelegenheit, nicht mit dem ewigen Lamento des kirchdienstlichen Praktikers kommen, zumal der kursächsische Kapellmeister leiderfahren wisse, wie schwer es in dieser seit langem kriegswirren Zeit falle, taugliche Sänger und Violenspieler zu halten. Selbst dem stolzen Dresden fehle es am Instrument. Weil nicht ausgezahlt, suchten die welschen Virtuosen den Schutz pünktlicher Fürstengunst. Kaum könne man die wenigen Kurrendeknaben ernähren. Ach, wolle es Gott den Herrn erbarmen, auf daß endlich Frieden werde, damit man wieder so kunstfertig sein dürfe, wie es der Meister in seiner Strenge verlange.

Dann meldete Albert beiläufig Schützens Wunsch, beim Lesen vom Manuskript zuhören zu dürfen, weil er sich Anregung erhoffe, sei es, um endlich, wie es der Monteverdi nach seiner Sprache könne, auf deutsche Worte Madrigale zu komponieren, sei es, indem er womöglich Dramatisches zu hören bekomme, das ihm als Vorlage zur Oper taugen wolle, wie vor zwanzig Jahren des seligen Opitz „Dafne" seiner Musik günstig gewesen sei; wofür er heute noch, für vermittelnde Hilfe, dem hier anwesenden Magister Buchner Dank schulde.

Nun warteten alle ein wenig beklommen auf des Gastes Antwort, denn in Schütz' Gesicht hatte sich, während man Albert lobreden, des Meisters schwierigen Tonsatz beklagen und zum Schluß dessen Wünsche hersagen hörte, nichts ereignet. Nicht einmal, daß sich seine zersorgte Stirn über den hohen Brauen schmerzlicher gefurcht, geschweige denn gelockert hätte. Auch war sein Auge gleichbleibend wach auf etwas Trauriges außerhalb des Raumes gerichtet geblieben. Sein Mund, unter und über dem Bart, der sorgsam geschnitten der Tracht des einstigen Gustav Adolf glich, senkte sich in den Winkeln. Sein falbes, von der Stirn und den Schläfen nach hinten gestrichenes Haar. Seine kaum vom Atem bewegte Ruhe.

Als er dann doch sprach, war sein Dank kurz: Er habe nur fortgesetzt, was ihn Johann Gabriel gelehrt habe. Merkwürdig, wenn nicht ein wenig albern berührte jener Anflug von Kindlichkeit, mit dem der in allem zuchtvolle Mann jedem am Tisch einen Ring an seiner linken Hand zeigte: Den habe er von Giovanni Gabrieli, kurz vor dessen Tod, als Zeichen der Freundschaft verliehen bekommen. Die von Albert angesprochene schwierige Vielstimmigkeit tat er mit einem Satz ab: Solche Fertigkeit verlange die Kunst, wenn sie dem reinen Wort Gottes folge. Dann kam ein erstes, zwar

leise gesprochenes, doch den Tisch lang vernehmliches Urteil: Wer es einfacher und der Kunst außerhalb haben wolle, der möge sich an das gereimte Strophenlied halten und mit dem Generalbaß einhergehen. Doch nun sei er begierig zu hören, was er nicht könne: kunstfertig Wörter setzen.
Schütz, der sitzend gesprochen hatte, stand auf und gab damit, ohne daß Dach noch einmal zu Wort kam, ein allgemeines Zeichen für den Umzug in die geräumige Diele. Alle rückten vom Tisch ab, nur Gerhardt zögerte, weil er Schützens abschätzige Worte über das gereimte Strophenlied einzig auf sich bezog. Weckherlin mußte ihn überreden und schließlich mit sich ziehen.
Andere Mühe hatte Dach mit Gryphius, der nicht, gewiß nicht sogleich aus seinem Trauerspiel lesen wollte, das er kürzlich, auf dem Rückweg von Frankreich, in Straßburg zum Schluß gebracht hatte. Er wolle schon, wenn es denn sein müsse, aber nicht auf der Stelle, nur weil der Schütz – bei aller Hochachtung vor dessen Größe – es so sich wünsche. Außerdem sei er kein Opern-Skribent. Für höfischen Pomp fehle ihm die Passion. Dach solle vorerst andere aufrufen, etwa die Jungen. Denen sei offenbar die Nacht nicht bekommen. Ihr Gähnen sei dreigestimmt. Knickbeinig stünden sie herum. Sogar dem Greflinger stehe das Maulwerk still. Womöglich könne der eigene Vers, so schläfrig er andere mache, die Urheber wachläuten.
Dach sah das alles ein. Als aber Rist und Moscherosch ihn bewegen wollten, anfangs ein Manifest verlesen zu lassen, welches die beiden, beraten von Hoffmannswaldau und Harsdörffer, bis spät in die Nacht aufgesetzt, in der Frühe überarbeitet hatten und als Friedensappell der deutschen Dichter an ihre Fürsten richten wollten, war der Kneiphöfische Magister um den Halt seiner literarischen Familie besorgt. „Später, Kinder!" rief er. „Später! Vorerst wollen wir mit vnserem Dintenfleiß den Herrn Schütz verköstigen. Die Politik ist des Friedens gichtbeiniges Gesponst. Die läufft vns nicht davon."
In der Diele saß man schon wie gewohnt. Von draußen hörten wir entfernter als am Vortag die in der Wildnis des Emshagen angepflockten Maulesel. Jemand (Logau?) fragte, wo denn der Stoffel sei. Gerhardt schwieg dazu. Erst als Harsdörffer die Frage aufnahm, gab uns die Wirtin Aus-

kunft: Der Regimentssekretär habe in eiligen Geschäften nach Münster gemußt. In aller Frühe.
Wieder obenauf war die Libuschka leichtfüßig überall. Diesmal mit gekräuseltem Haar. Sie hatte nicht an Grindsalbe gespart. Ihre Mägde mußten einen bequemen Lehnstuhl mit breiten Armstützen in den Halbkreis tragen. Wie erhöht saß, bei seitlichem Fensterlicht, Heinrich Schütz und bot der Versammlung seine besorgte Stirn.

11

Es war noch immer früher Morgen, als der zweite Lesetag seinen Anfang nahm. Diesmal stand dem noch leeren Schemel des Vortragenden Schmuck daneben: eine hochtreibende Distel, aus dem Garten der Wirtin gestochen und in einen Tonkrug gepflanzt. So, vereinzelt und für sich genommen, war die Distel schön.
Ohne Anspielung auf das „Sinnebild kriegswüster Zeit" ging Dach zur Leseordnung über. Kaum hatte er, wie schon alteingesessen, seinen Stuhl dem Halbrund gegenüber besetzt, rief er, damit sie nacheinander vom Schemel zu seiner Seite (nun neben die Distel gesetzt) vortrügen, zuerst die Jungen auf: Birken Scheffler Greflinger.
Sigmund Birken, ein böhmisches Kriegskind, das, nach Nürnberg geflüchtet, bei den Pegnitzschäfern um Harsdörffer und Klaj idyllischen Halt und Förderung in patrizischen Häusern gefunden hatte, war ein auch theoretisch eifernder Jüngling, wie seine Lesung am Vortag bewiesen hatte. Außerdem gefiel er als „Floridan" im Hirtenorden und als „Der Riechende" in Zesens Deutschgesinnter Genossenschaft mit Andachtsliedern, halb prosaischen, halb poetischen Schäfereien und allegorischen Schauspielen. Weil wenige Jahre später seine Inszenierung der Nürnberger Feier „Teutscher Kriegs Ab- und Friedens Einzug" vor militärischen Gästen besonderen Beifall fand, wurde er bald darauf vom Kaiser geadelt und als „Der Erwachsene" in den schlesischen Palmenorden aufgenommen. Überall, zu Hause und auf Reisen, führte er haushälterisch Tagebuch, weshalb zu seinem Gepäck im Dachbodenstroh des Brückenhofes ein mit Blumenranken verziertes Diarium gehörte.

Der Lautmaler Birken, dem alles zu Klang und Form wurde und der mit neuestem Empfinden nichts direkt sagte, sondern alles in Bildern umschrieb, las einige in Kreuz- und Herzform getürmte, hier ausladende, sich dort verjüngende, mit Fleiß gekünstelte Figurengedichte, die sich schön ansahen, doch bei der Versammlung keinen Beifall fanden, weil sich die Form beim Vorlesen nicht übertrug. Mehr Zustimmung kam einem Gedicht zu, das den Frieden und die Gerechtigkeit wortspielerisch Küsse tauschen ließ: „...die süssesten Küsse sind süsser als süsse...“

Was Harsdörffer und Zesen (der eine gelehrt, der andere mit verstiegenen Deutungen) als bahnbrechende Neuerung lobten, gab Buchner Anlaß zu weit ausholenden Bedenken, erlaubte Moscherosch, die ganze Haltung, doch besonders den Reim „switzen – spitzen“ im Herzfigurengedicht zu parodieren, und ließ Rist aus der Predigerhaut fahren: Ein Glück, daß der selige Opitz sich diese „verzeste Birkeney“ nicht habe anhören müssen.

Dem alten Weckherlin hatte das „zierlichte Wortgetümmel“ gefallen. Logau gab sich wie immer knapp: Wo der Sinn fehle, dürfe der Kling-Klang seinen Tauschhandel treiben.

Danach saß Johann Scheffler, der bald als Arzt katholisch werden und als Priester (unter dem Namen Angelus Silesius) die jesuitische Gegenreformation fördern sollte, neben der Distel. Zuerst stockend und zwischen seinen Wörtern verirrt, dann gefaßter, weil ihn Czepkos Ruf „Mut, Student!“ gestärkt haben mochte, las er eine frühe Fassung des später bei allen Konfessionen gebräuchlichen Kirchenliedes: „Ich will dich lieben, meine Stärke...“ Dann sagte er einige Sinnsprüche auf, die nach zehn Jahren erst in letzter Form unter dem Titel „Cherubinischer Wandersmann“ ihren Weg machen durften, vorerst jedoch die Versammlung verwirrten, weil Verse wie dieser: „Ich weiß daß ohne mich Gott nicht ein Nu kan leben...“ oder dieser gar: „Als Gott verborgen lag in eines Mägdleins Schoß, Da war es, da der Punct den Kreiß in sich beschloß...“ allenfalls bei Czepko und Logau ein Ohr fanden.

Wie gestochen sprang Gerhardt auf: Wieder mal locke ein schlesisches Irrlicht! Es spreche aus seinen Schülern noch immer der vermaledeite Schuster. Täuschwerk und Schwär-

merei! Er warne vor dem falschen Glanz des Gott mißbrauchenden Widersinns.
Als Pfarrer der Wedelschen Kirchgemeinde sah sich Rist aufgerufen, allem, was Gerhardt gesagt hatte, wie von der Kanzel herab beizustimmen: Aber er wolle nicht deutlicher werden, indem er womöglich papistisches Gift in dem Schnickschnack vermute.
Es verwunderte, daß der Lutheraner Gryphius ein Wort für Scheffler einlegte: So fremd sie ihm sei, so wohl tue ihm die Anmut dieser sich wundersam schließenden Ordnung.
Und dann las Georg Greflinger, dem Dachs väterliche Gunst und Sorge gehörte: ein hoch und breit geratener Bursche, den der Krieg als Kind von der Schafsweide weg nach Regensburg verschlagen, später in schwedischen Dienst getrieben und dergestalt unruhig gemacht hatte, daß er zwischen Wien und Paris, Frankfurt, Nürnberg und den Ostseestädten andauernd unterwegs und allorts in wechselnde Lieben verstrickt gewesen war. Noch kürzlich war sein längstes Eheversprechen von einer Danziger Handwerkerstochter namens Elisa mißachtet worden, worauf sie ihm in Gedichten zur treulosen Flora wurde. Erst im folgenden Jahr sollte er in Hamburg ehelich werden, zur Ruhe kommen und ein einträgliches Geschäft besorgen, indem er, neben der Beschreibung des Dreißigjährigen Krieges in 4400 Alexandrinerversen, eine Nachrichtenagentur zu betreiben begann und ab Ende der fünfziger Jahre die Wochenzeitung „Nordischer Mercur" herausgab.
Ganz dem Irdischen verhaftet, trug Greflinger zwei Buhlliedchen vor, die, weil witzig die Untreue feiernd wie das erste – „Als Flora eyferte…" – oder deftig die lose Buhlerei rühmend wie das zweite – „Hylas wil kein Weib nicht haben…"–, zum lauten Vortrag geeignet waren. Noch während der junge Mann, sich und sein soldatisches Gehabe parodierend, seine Scherze deklamierte, kam Vergnügen bei der Versammlung auf. Den Versen: „Ich wil kein' alleine lieben, Buhlen, buhlen ist mein Sinn…" folgte kleines Gelächter. Nur Schütz' wegen hielt man sich zurück. Dach und Albert, die beide ihren Spaß hatten, widersprachen dennoch Gerhardt nicht, als jener bei der anschließenden kritischen Aussprache gegen Moscherosch und Weckherlins Lob sprach: Sudelreime wie diese könne man nur in der

Gosse singen. Ob man vorhabe, Gottes Zorn auf die versammelten Häupter zu lenken.
Heinrich Schütz schwieg.
Dann kam Unruhe auf, weil die drei Mägde der Wirtin, die (mit Dachs Erlaubnis) im Hintergrund zugehört hatten, über Greflingers Buhlliedchen ins Kichern geraten waren, nun nicht mehr aufhören konnten, sich schier verklemmten und so ansteckend prusteten, giggelten, in sich hinein wimmerten oder wie außer sich kreischten, daß die Versammlung von Marthe Elsabe Marie mitgerissen wurde. Weil sich Harsdörffer lachend verschluckte, mußte ihm sein Verleger den Rücken klopfen. Selbst dem unbewegten Schütz war die Dreistimmigkeit dieser Aufführung ein Lächeln wert. Über Schneuber sprach sich rum, was Lauremberg verkündete: Es habe sich die kichrige Marie beide Beine lang naßgepinkelt. Neues Gelächter. (Ich sah Scheffler erröten.) Einzig der fromme Gerhardt fand sein Urteil bestätigt: „Sagte ich doch. Die Gosse! Für die stinkichte Gosse!"
Da rief Simon Dach, nachdem er mit Blick und nachhelfender Bewegung die Mägde in die Küche geschickt hatte, Andreas Gryphius auf, aus seinem Trauerspiel „Leo Armenius" zu lesen. (Mit halblautem Nachsatz bat er Schütz, der Versammlung die „kindsche Posse" nachzusehen.)
Als sich Gryphius setzte, war sogleich Stille geboten. Vorerst starrte er gegen die Balkendecke. Gryf, wie ihn Hoffmannswaldau, sein mit Methode gegensätzlicher Jugendfreund nannte, sprach dann mit starker Stimme einleitend: „In dem vnser Vatterland sich nuhnmehr in seine eigene Aschen verscharret, vnd in einen Schauplatz der Eitelkeit verwandelt, bin ich geflissen vns die vergänglichkeit menschlicher sachen im gegenwertigen Trawerspiel vorzustellen..." Dann gab er bekannt, daß sein „Leo Armenius" dem anwesenden Kaufmann Wilhelm Schlegel, seinem gunstreichen Gönner gewidmet sein solle, weil er das vorliegende Stück auf Reisen mit Schlegel und einzig von jenem gefördert habe schreiben können. Darauf sagte er knapp die Handlung voraus, nannte Konstantinopel als Ort der Verschwörung des Feldhauptmanns Michael Balbus gegen den Kaiser Leo Armenius und versicherte dem versammelten Halbrund, daß der wütige Umsturz der alten Ordnung noch keine neue mache.

Jetzt erst las Gryphius, jedem Wort Gewicht gebend, doch offenbar mehrere Manuskriptblätter zu lang – etliche Zuhörer, nicht nur die jungen, auch Weckherlin und Lauremberg schliefen ein –, als Exposition die verschwörende Rede des Balbus: „Das Blut, das jr für Thron vnd Cron gewagt…" mit den Einwürfen der Mitverschwörer: „Er leide was er that! der tag bricht freylich an…" bis zum Schwur des Crambe: „Gib her dein Schwerdt. Wir schweren Deß Fürsten grimmige Macht in leichten staub zu kehren…"

Danach las er die dicht von Ausrufen – „Hilff himmel! was ist diß!" – durchwachsene Verhaftungsszene, die der gebundene Feldhauptmann höhnend beendet: „Ich wil diß (stünd' ich gleich in liechtem Schwefel) melden: Daß diß der Tugendt lohn. Daß diß der danck der Helden…"

Als Zwischenspiel entwickelte der Vortragende den strenggebauten Dreisatz der Höflinge über den Segen und die Gefahr der menschlichen Zunge mit einleitendem Satz: „…Deß Menschen leben selbst; beruht auf seiner zungen…" – als Gegensatz: „…Deß Menschen Todt beruht auf jedes Menschen zungen…" – und mit einem Zusatz, der den chorischen Bau schließt: „…Dein Leben, Mensch, vnd todt hält stäts auf deiner Zungen…"

Nach der viel zu beredt hinverzögerten Gerichtsszene – „…Er wird in Kärcker bracht; Gebt unterdessen starck auf Thor vnd schlösser acht…" – und dem brünstigen Monolog des Kaisers Leo zum Urteil über den Verschwörer – „…Vnd daß kein schawspiel sey so schön im rund der Erden: Alß wen, was mit der glutt gespiel't, muß Aschen werden…" – setzte Gryphius endlich zur Schlußszene wenn nicht des Stückes, so doch der Lesung an.

Das Zwiegespräch Kaiser Leo – Kaiserin Theodosia eignete sich zum Ausklang, zumal es der Kaiserin, die um Aufschub der Verbrennung des Balbus bis nach dem Heiligen Christfest bittet, mit Beredtsamkeit gelingt – „…Das Recht hat seinen gang, last gnad' jhm nun begegnen…" – des Kaisers Entschluß: „Der Himmel wil das Haupt, das Laster abstrafft, segnen…" – doch noch ein wenig zu entschärfen: „Daß Er das strenge Recht nicht auf das fest außführ. Ich weiß, Er wegert nicht so wenig Gott vnd mir."

Zwar hätte Gryphius, der noch immer bei Atem und die Große Diele füllender Stimmkraft war, gerne anschließend

den Chor der Höflinge sprechen lassen: „O du wechsel aller dinge immerwehrend' eitelkeit...", aber Dach bat ihn (die Hand auf des Vortragenden Schulter), es nun genug sein zu lassen. Ein jeder könne sich nach dem Gehörten ein sattes Bild machen. Er, jedenfalls, sei vom Steinschlag der Wörter wie zugeschüttet.
Wieder lag Schweigen über der Versammlung. Die Fliegen. Das vor den offenen Fenstern gehäufte, in die Diele sikkernde Licht. Czepko, der seitlich saß, sah einem Schmetterling zu. So viel Sommer nach der düsteren Szene.
Da sich der alte Weckherlin, den die von Rede und Widerrede belebte Handlung des letzten Auftritts aus dem Schlummer geholt hatte, als erster zu Wort meldete, konnte ihn nur ein Mißverständnis so kühn gemacht haben. Er lobte den Schluß des Stückes und dessen Autor: Wie gut, daß die Ordnung erhalten bleibe und der versuchte Frevel fürstliche Gnade finde. Er hoffe, daß Gott dem armen England ähnlich behilflich werde. Dort treibe es Cromwell wie jener Balbus des Schauspiels. Man müsse bei Tag und Nacht um des Königs Wohl besorgt sein.
Barsch wurde der ordnungsliebende Staatssekretär vom Magister Buchner korrigiert: Es werde jedem aus dem Gehörten die kommende Katastrophe ruchbar geworden sein. Dieses in Deutschland einzige Trauerspiel zeuge von Größe, indem es nicht, wie hergebracht, einseitig schuldig spreche, sondern allseits des Menschen Hinfälligkeit und Schwäche, sein vergebliches Wohltun beklage: Es werde nur immer bestehende Tyrannei von kommender abgelöst. – Das dreisätzige, dem Chor der Höflinge übertragene Zungengleichnis lobte Buchner besonders, weil darin auf gelehrte Weise die schon bei Aristoteles belegte langzüngelnde Purpurschnecke emblematisiert sei. – Dann nahm der Magister, wie pflichtschuldig, doch noch ein wenig Anstoß an der zu häufigen Reimung von „todt vnd noth" und „Throne vnd Crone".
Harsdörffer rügte als Patriot den fremdländischen Anlaß des Stückes: Jemand, der so sprachmächtig wie Gryphius sei, dürfe seine wortzwingende Kraft einzig der deutschen Tragödie, dem vaterländischen Trauerspiel geben.
Der Ort der Handlung bedeute nichts, sagte Logau, einzig die Machart zähle. Die müsse er ablehnen. Der übergroße

Wortaufwand ersaufe in purpurner Brühe oder erdolche sich wechselseitig, wo doch der Autor den Purpur der Fürsten verklagen und deren ewiges Kriegsgeschäft widerlegen wolle. Zwar sage des Gryphius Vernunft Ordnung, doch sein Wortschwall schwelge im Aufruhr.
Teils der Sache wegen, mehr noch, um seinen Freund zu schützen, gab Hoffmannswaldau zu bedenken, daß Gryf nun mal so sei: ins Chaos vergafft. Seine Worte stünden dergestalt widersprüchlich zueinander, daß ihnen allzeit das graue Elend prächtig, die schöne Sonne zur Düsternis gerate. Mit Wortkraft lege er seine Schwäche bloß. Wäre er freilich, wie Logau, ärmer an Sprache, könnte er sich billig aus einer Szene drei Stücke schreiben.
Jaja, erwiderte Logau, ihm fehle des Gryphius Malkasten, er schreibe nicht mit dem Pinsel.
Mit der Feder wohl auch nicht, gab Hoffmannswaldau zurück, eher mit einem Stichelchen.
Dieses Geplänkel hätte andauern und die Gesellschaft noch eine Weile mit schnellem Witz unterhalten können, wäre nicht Heinrich Schütz zu Wort gekommen, der plötzlich stand und über die Köpfe der Poeten hinwegsprach: Er habe alles gehört. Die Gedichte voran, danach jene für Rollen aufgeteilte Sprache, die in Szenen gegliedert sei. Loben wolle er vorerst die klar und in schöner Blöße auftretenden Verse des jungen Studenten der Medizin, dessen Name ihm leider entfallen sei. Wenn jener also, wie er grad höre, Johann Scheffler heiße, werde er sich den Namen merken. Nach erstem Hören glaube er, eine achtstimmige, doppelchörige A-cappella-Musik etwa zum Vers über die Rose machen zu können oder über jenen Sinnspruch vom Zufall und Wesen, welcher laute: „Mensch werde wesentlich: denn wann die Welt vergeht, So fällt der Zufall weg, das Wesen das besteht." Solche Wörter hätten Atem. Und wäre es nicht vermessen, wollte er sagen, Einsicht wie diese finde man ähnlich nur in der Heiligen Schrift.
Doch nun zu den anderen. Leider seien die Verse des jungen Birken an seinem Ohr vorbeigegangen. Er müsse das lesen. Erst beim Nachlesen erweise sich, ob der Wortklang nur Klingklang sei oder Sinnklang gebe. Weiterhin wolle er nicht verkennen, daß die Buhlliedchen des Herrn Greflinger, von denen ihm übrigens ähnliche aus der Ariensamm-

lung seines Vetters Albert bekannt seien und an denen er – bei so viel Frevel ringsum im Vaterland – keinen sittlichen Anstoß nehmen könne, zumindest jene Qualität hätten, welche beim Schreiben von Madrigalen benötigt werde. Diese Kunst sei, wie er leidvoll wisse, in Deutschland kaum einem Poeten geläufig. Wie gut habe es da der Monteverdi gehabt, dem Guarini die schönsten Stücklein geschrieben hätte, desgleichen Marino. Er wolle, um in die Gunst solcher Vorlagen zu kommen, dem jungen Mann raten, sich des deutschen Madrigals anzunehmen, wie es vormals der selige Opitz versucht hätte. Dergleichen lockere und nicht strophige Verse dürften heiter, klagend, streitbar, sogar scherzhaft widersinnig und der Tollheit verschrieben sein, wenn sie nur Atem trüge, damit Raum bleibe für die Musik.
Diesen Raum finde er leider nicht in den gehörten dramatischen Szenen. So sehr er den schroffen Ernst der Sonette des Herrn Gryphius schätze, so heftig er die Klage des Autors gegen die Eitelkeit dieser Welt unterstütze, so viel bleibende Schönheit aus dem gerade Gelesenen spreche: Platz finde er, der Tonsetzer, nicht zwischen den vielen, zu vielen Wörtern. Da könne sich keine ruhige Geste entfalten. Niemandes Trauerlaut könne in solchem Gedränge verhallen oder sein Echo finden. Da werde zwar alles dicht bei dicht deutlich gesagt, doch die eine Deutlichkeit lösche die andere, so daß eine überfüllte Leere entstehe. Es bleibe alles, so heftig die Wörter stürmten, ganz unbewegt. Wollte er solch ein Schauspiel in Töne setzen, müßte er einen wahren Fliegenkrieg entfesseln. Ach und nochmal ach! Wie habe der Monteverdi es gut gehabt, daß ihm der Meister Rinuccini mit fügsamen Libretti zur Hand gewesen sei. Lob und Preis jedem Poeten, der es verstünde, ihm einen Text zu liefern, schön wie das Lamento der Arianna. Oder etwas gleich der bewegten Szene, die, nach den Worten des Tasso, als Kampf des Tankredi mit Clorinda aufregend zu Musik gekommen sei.
Doch so viel gewünscht, heiße zu viel verlangen. Er müsse sich bescheiden. Wo das Vaterland daniederliege, könne die Poeterei kaum in Blüte stehen.
Nicht etwa Schweigen, Unruhe antwortete dieser Rede. Gryphius saß wie verdonnert. Und mit ihm fühlte ich mich,

waren viele getroffen. Daß ausnehmend der irrlichternde Scheffler und der verbuhlte Greflinger gefallen hatten, nahm besonders Gerhardt übel. Schon stand er: Er wolle die Gegenrede halten. Er sei um Antwort nicht verlegen. Er wisse, welche Musik dem Wort fromme. Er werde es dem Italienerfreund, dem Lobredner des Welschen, dem Herrn Henrico Sagittario zeigen. Und zwar auf deutsche Weise. Die künde frei raus ...

Doch Gerhardt durfte noch nicht. Weder Rist noch Zesen, die beide auf Antwort drängten, wurde Erlaubnis erteilt. (Auch mir nicht, so fertig ich voller Rede war.) Simon Dach nahm ein Zeichen der Wirtin von der Tür her zum Anlaß und hob die Versammlung auf: Man möge, bevor man streite, friedlich die Suppe löffeln, die man sich eingebrockt habe.

Ob der Gelnhausen schon zurück sei, wollte, während die Herren von den Stühlen rückten, Harsdörffer wissen. Ihm fehle der Stoffel.

12

Schmackhaft und mager. Die Schwarte drin hatte schon gestern herhalten müssen. Eine Suppe, die nur kurz sättigte, aber lange erinnert sein wollte: Grütze mit Kerbel geschönt. Dazu knapp Schwarzbrot. Das füllte die Jungen nicht. Greflinger maulte. Hoffmannswaldau, den gestern die schmale Kost zum Lob des einfachen Lebens hingerissen hatte, meinte, man könne das Schlichte auch übertreiben. Dann schob er seine halbvolle Kumme dem jungen Birken zu. Gryphius rührte in seiner Suppe Gedanken auf, die den schlesischen Hunger zum Weltenhunger erhoben. Kurzgebunden spottete Logau über die zeitgenössische Kunst des Suppenverlängerns. Czepko schwieg überm Löffel. Andere (Moscherosch, Weckherlin) hatten sich enthalten oder waren (wie Buchner) mit dampfender Kumme in ihrer Kammer verschwunden. (Später trug Schneuber die Nachrede herum, er habe gesehen, wie eine der Mägde – Elsabe – dem Literaturmagister, mit Zukost im Tuch, nachgestiegen sei.)

Schütz hingegen blieb am Tisch und löffelte, während ihn sein Vetter Albert mit Geschichten aus besseren Tagen unterhielt: beide hatten Mitte der dreißiger Jahre am Kopenhagener Hof König Christians Gunst genossen. Man hörte den Sagittario lachen.
Als Harsdörffer, der diesmal das Tischgebet hatte sprechen dürfen, beiläufig meinte, eigentlich hätte die Kerbelsuppe, ohne viel Worte, bußfertig genug machen müssen, sagte Dach, es sei nun mal immer noch Krieg, doch wolle er gern mit dem Kaufmann Schlegel und einigen Buchdruckern durch Telgte laufen. Dort werde sich sicher Beißbares für den Abend kaufen lassen.
Selbst Ratten fänden dort nichts, rief Lauremberg. Nur noch vereinzelt bewohnt sei die Stadt, wüst und vernagelt. Die Tore kaum besetzt. Nur Hunde streunten. In der Frühe schon wären Schneuber und er gegen blankes Geld um ein paar Hühner bemüht gewesen. Dort gackere nichts mehr.
Merkwürdig, daß sich der fromme Gerhardt ereiferte: Man hätte besser vorsorgen sollen. Dach, als der Einladende, hätte das Notwendigste – Speck und Bohnen – bereithalten müssen. Er sei doch bei seinem Fürsten in Gunst. Warum aus dessen calvinistischer Fourage nichts abzuzweigen gewesen wäre? Er verlange nur, was notdürftig jeder Christenmensch brauche. Außerdem könne ein Gast wie der kursächsische Hofkapellmeister, wenn er sich schon herablasse, bei schlichten Strophenliedschreibern zu weilen, bessere Bewirtung verlangen.
Darauf sagte Dach: Man möge ihn nur schelten. Doch dulde er nicht, daß seines Fürsten Religion geschmäht werde. Ob Gerhardt nicht die brandenburgischen Toleranzedikte kenne?
Denen werde er sich nicht beugen, hieß die Antwort. (Und viel später, als Diakon der Nikolaikirche in Berlin, konnte er seinen Glaubenseifer bis zur Amtsenthebung beweisen.)
Wie gut, daß noch immer vom rheinischen Braunbier genug war. Rist vermittelte mit Gesten. Als Wittenberger Autorität rief Buchner seine ehemaligen Schüler zur Ordnung. Und als die Wirtin der Gesellschaft kleine Hoffnung machte, es werde Gelnhausen, von Münster zurück, womöglich was Handfestes bringen, waren die Dichter bald

über den Suppenstreit hinweg und bissen sich an Sprachgebilden fest: genügsame Wortwiederkäuer, denen notfalls Selbstzitate Sättigung brachten.
Während Schütz' Kritik den grad noch betretenen Gryphius nicht hinderte, etliche neue Trauerspiele in düsteren Szenen vor bald versammelten Zuhörern zu entwerfen, hatte Schütz' Lob die Papiere des Breslauer Studenten für einige Verleger interessant gemacht: der junge Scheffler wußte nicht, wie er sich den Angeboten der Drucker verweigern sollte. Als der Nürnberger Endter mit dem Versprechen einer städtischen Medicus-Stelle lockte, bot Elzevihrn die Rückkehr nach Leyden, zwecks weiterer Studien: Es sei dem Studenten anzuhören gewesen, wo sich sein Geist – wie vormals dem jungen Gryphius – geweitet habe.
Doch Scheffler blieb bei seinem: Er werde sich Rat aus anderem Munde erfragen. (Wohl deshalb sah ich ihn später noch mal durchs Emstor nach Telgte hineinlaufen, wo er, zwischen den üblichen alten Weibern, vorm hölzernen Gnadenbild kniete...)
Am anderen Ende des langen Tisches wollten Logau und Harsdörffer wissen, was Gelnhausen so früh nach Münster getrieben habe. Die Wirtin Libuschka sprach hinter der Hand, als verriete sie ein Geheimnis: Es habe die kaiserliche Kanzlei den Stoffel herbeizitiert. Nicht nur die Weimarer seien aufrührig, auch bei den Bayern, die mit dem Schwed ihren Sonderfrieden gemacht hätten, werde gemeutert: zum Kaiser übergegangen, versuche der Reitergeneral Werth, dem Krieg neuen Auftrieb zu geben. Dessen immer lustigen Haufen kenne sie gut. Aus dessen Regimentern habe sie zwei Ehemänner, wenn auch für kurze Zeit nur, als Bettgenossen gehabt. Dann erklärte die Libuschka, warum sie die Zucht Wallensteinischer Regimenter gemieden habe. Sie verlor sich in Anekdoten aus kreuzqueren Feldzügen, wobei ruchbar wurde, daß sie vor drei Jahren mit Gallas' Heerhaufen in Holstein eingefallen war und bei der Plünderung Wedels – wie gut, daß Rist sich woanders erregte – ihren Abstrich gemacht hatte. Dann erzählte sie aus früheren Zeiten: Wie sie Mitte der zwanziger Jahre, noch jugendfrisch und beritten in Hosen, unter Tilly gedient und – bei Lutter war's – einen dänischen Rittmeister gefangengenommen habe. Der hätte sie gewiß – denn er sei

von Adel gewesen – zur Gräfin gemacht, wenn nicht der Verlauf des wechselgünstigen Krieges...

Natürlich hatte die Libuschka Zuhörer. Gründlicher als viele der Poeten kannte sie sich aus im Hin und Her der Mächte. Sie sagte: Nicht Diplomatie, sondern die Suche nach Winterquartieren bestimme den Kriegsverlauf.

Über ihren Geschichten vergaß man die Mission des Stoffel. Solange sie redete und mit Zeitsprüngen drei Jahrzehnte ausmaß, war selbst der alte Weckherlin begierig, das evangelische Verhängnis seiner Jugend, die Schlacht bei Wimpfen, von beiden Neckarufern geschildert und das den Spaniern günstige Wunder – eine weißgewandete Marienerscheinung – erklärt zu bekommen: Es hätte, sagte die Wirtin, explodierende Munition eine Wolke gezeugt, die, übers Schlachtfeld geweht, katholische Deutungen zugelassen habe.

Erst als Moscherosch und Rist abwechselnd jenen Aufruf der Dichter an die Fürsten verlasen, den sie mit Harsdörffer und Hoffmannswaldau aufgesetzt, doch nach Dachs Willen nicht schon am Morgen hatten vortragen dürfen, lief das Interesse von der Wirtin weg und entzündete sich an der Not des Vaterlandes. Schließlich war man deswegen zusammengekommen. Es galt, sich vernehmlich zu machen. Wenn keine Regimenter, so konnten sie doch Wörter aufbieten.

Weil Rist als erster las, begann der Aufruf mit Donnerwort: „Teutschland, das herrlichste Kaiserthumb der Welt, ist nun mehr auff den Grund außgemergelt, verheeret und verderbet, diß bezeuget die Warheit! Der grimmige Mars oder der verfluchte Krieg ist die allerschrecklichste Straffe und abscheulichste Plage, mit welcher Gott die übermachte Boßheit unzehliger Sünden des unbußfertigen Teutschlandes nunmehr balde dreißig Jahre hat heimgesuchet. Diß saget die Warheit! Daß nunmehr daß höchstbedrängte und in den letzten Zügen liegende Vaterland mit dem alleredelsten Frieden widerumb beseeliget werden wolle. Weshalb zu Telligt, was nach alter Deutung junger Eichbaum heisset, die hieselbst versammelten Tichter beflissen sind, den teutschen und frembden Fürsten ihre Meynung fürzustellen und als Warheit zu verfestigen..."

Dann zählte Moscherosch die Häupter der Parteien auf. Es wurden, voran der Kaiser, die Kurfürsten nach alter Ord-

nung (ohne Bayern, doch inbegriffen die Pfalz) mit aller Ehrerbietung genannt, die Hoffmannswaldau zierlich zu setzen gewußt hatte. Dann wurden die fremden Kronen angerufen, um gleich darauf allesamt, ob Deutsche, Welsche oder der Schwed, ohne Ansehen der Konfession verklagt zu werden, weil die Deutschen den fremdländischen Horden das Vaterland preisgegeben und die Fremden sich Deutschland zum Tummelplatz erkoren hätten, so daß es nun zerstückelt liege, ohne alte Ordnung alle Treu verloren habe und – nach Verlust seiner Schönheit – nicht mehr kenntlich sei. Einzig die Dichter, das sagte der Aufruf, wüßten noch, was deutsch zu nennen sich lohne. Sie hätten „mit vielen heißen Seufftzern und Zähren" die deutsche Sprache als letztes Band geknüpft. Sie seien das andere, das wahrhaftige Deutschland.
Danach wurden (wieder von Rist, dann von Moscherosch) etliche Forderungen gereiht, darunter die Stärkung der Stände, der Verbleib Pommerns und des Elsaß beim Reich, die kurpfälzische Wiedergeburt, die Erneuerung des böhmischen Wahlkönigtums und – natürlich – die Freiheit jeglicher Konfession, die calvinistische mitgenannt. (Das hatten die Straßburger sich ausbedungen.)
Auch wenn dieses Manifest – denn entschlossen laut wurde von Absatz zu Absatz der Text verlesen – zuerst Begeisterung bei der Versammlung auslöste, wurden doch bald Stimmen laut, die seine Anmaßung verringert, die Forderungen verkleinert, seinen praktischen Sinn deutlicher haben wollten. Wie erwartet, störte Gerhardt die besondere Erwähnung der Calvinisten. Buchner (zurück aus seiner Kammer) bemängelte (mit Blick auf Schütz) die zu scharfe Verurteilung Sachsens. Weckherlin sagte: Auf diesen Schrieb hin würde weder der Maximilian gegen die Hispanier noch die hessische Landgräfin gegen die Schweden einen Streich tun. Außerdem sei die Pfalz auf immer dahin. Und Logau spottete: Wenn der welsche Kardinal solche Epistel zu lesen bekomme, werde er sogleich, bei Hinterlassung aller Beute, das Elsaß und Breisach räumen lassen. Desgleichen sehe er Oxenstierna, so treudeutsch angerufen, alle Lust an Pommern samt Rügen verlieren.
Dagegen empörte sich Greflinger: Was der Schlaukopf gegen die Schweden habe. Hätte der heldische Gustav Adolf

nicht über die Ostsee gesetzt, wäre selbst Hamburg pfäffisch geworden. Und hätten sich Sachsen und Brandenburg nicht immer wieder feige enthalten, wäre man mit dem Schwed bis über die Donau und weiter. Und hätten nicht Wrangels Reiter im Vorjahr noch Bayern besucht, würde ihm Regensburg, wo er hingehöre, auf immer verschlossen bleiben.
Einzig der Schwed, rief Lauremberg, habe den Friedländer aus Mecklenburg geworfen. Richtig, riefen die Schlesier, wer, wenn nicht der Schwed, werde sie vor dem Pfaffentum schützen. Bei aller Besatzungspein habe man Grund, dankbar zu bleiben. Die Angriffe auf Schwedens Krone müßten raus aus dem Manifest. Erschrocken blieb der junge Scheffler stumm. Als Schneuber einwarf, dann müsse man auch den Franzos schonen, weil Frankreich entscheidend Spanien geschwächt habe, sagte Zesen, was eigentlich Rist hatte sagen wollen: Dann bleibe ja nichts mehr an Klage auszurufen, nur übliche Ohnmacht. Die müsse nicht posaunt werden. Die lohne das Treffen nicht. Weshalb man dennoch versammelt bleibe?
Heinrich Schütz, der den Wechselreden wie abwesend beigesessen war, beantwortete die Frage nach dem Weshalb: Der geschriebenen Wörter wegen, welche nach Maßen der Kunst zu setzen einzig die Dichter begnadet seien. Auch um der Ohnmacht – er kenne sie wohl – ein leises „dennoch“ abzunötigen.
Dem konnten wir zustimmen. Rasch, wie um den kleinen Frieden zu nutzen, sagte Simon Dach: Ihm gefalle der Text, selbst wenn er nicht brauchbar sei. Der sonst so strenge Herr Schütz habe nur milde gesagt, was jedermann wisse: Es fehle den Dichtern alle Macht, außer der einen, richtige, wenn auch unnütze Wörter zu setzen. Man werde den Aufruf überschlafen. Vielleicht komme er über Nacht zu einer günstigeren Lesart. Dann rief er die Versammlung in die Große Diele zu neuem Disput. Es wolle doch Gerhardt nun endlich dem weitberühmten Gast replizieren.

13

Die Kerbelsuppe mit der ihr eingekochten Grütze mochte die vorher gereizten Gemüter beschwichtigt haben, oder es hatte der Aufruf an die Fürsten die Dichter zur Ader gelassen; jedenfalls hockten sie matt im Halbkreis, maßvoll trug Gerhardt seine Rede gegen den kursächsischen Kapellmeister vor.

Heinrich Schütz' Vorwurf, es fehle der deutschen Poesie an Atem, vollgestopft mit Wortmüll sei sie, keine Musik könne sich in ihrem Gedränge mit sanfter oder erregter Geste entfalten: diese schlechte Zensur, der als Fußnote unterstellt war, es habe wohl der Krieg das Gärtlein der Dichtkunst verdorren lassen, blieb als These haften, denn, von Dach aufgerufen, redete Gerhardt nur allgemein hin. Es habe der Gast einzig seine hohe Kunst im Auge. Bei so kühnem Überblick werde ihm das schlichte Wort entgangen sein. Das wolle zuerst Gott dienen, bevor es sich der Kunst beuge. Weshalb der wahre Glaube nach Liedern verlange, die als Wehr gegen jegliche Anfechtung stünden. Solche Lieder seien dem einfachen Gemüte gewidmet, so daß die Kirchengemeinde sie ohne Mühe singen könne. Und zwar vielstrophig, damit der singende Christ von Strophe zu Strophe seiner Schwäche entkomme, Glaubensstärke gewinne und ihm Trost zuteil werde in schlimmer Zeit. Das zu tun, dem armen Sünder zu ihm gemäßem Gesang zu verhelfen, habe Schütz verschmäht. Selbst der Beckersche Psalter sei, wie er vielenorts hören müsse, den Kirchengemeinden zu vertrackt. Da baue er, Gerhardt, besser auf seinen Freund Johann Crüger, der sich als Kantor aufs strophische Lied verstehe. Dem rage nicht die Kunst vor allem. Dem seien nicht der Fürsten glänzende Hofkapellen teuer, sondern des gewöhnlichen Mannes Nöte wichtig. Dem wolle es mit anderen, wenn auch nicht weitberühmten Komponisten nie zu gering sein, der täglich bedürftigen Christgemeinde zu dienen und strophigen Liedern Noten zu setzen. Er nenne: des so früh zu Gott gegangenen Fleming „In allen meinen Taten..." oder des ehrbaren Johann Rist „O Ewigkeit, du Donnerwort..." oder unseres freundlichen Simon Dach „O wie selig seid ihr doch, ihr Frommen..." oder des grad noch geschmähten, nun wahrlich wortmächtigen

Gryphius „Die Herrlichkeit der Erden muß Rauch und Aschen werden…" oder auch seine, des ganz dem Herrn ergebenen Gerhardt Strophen: „Wach auf, mein Herz, und singe…" oder was er jüngst geschrieben „O Welt, sieh hier dein Leben am Stamm des Kreuzes schweben…" oder „Nun danket all und bringet Ehr…" oder was er hierorts, in seiner Kammer geschrieben, weil doch der Friede bald komme und dann von den Kirchengemeinden gelobpreiset sein wolle: „Gott Lob, nun ist erschollen das edle Fried- und Freudenwort, daß nunmehr ruhen sollen die Spieß und Schwerter und ihr Mord…"
Dieses sechsstrophige Lied, in dessen vierter Strophe – „…ihr vormals schönen Felder, mit frischer Saat bestreut, jetzt aber lauter Wälder und dürre wüste Heid…" – des Vaterlandes Zustand zu einfachen Wörtern gefunden hatte, trug Gerhardt auf sächsische Weise in ganzer Länge vor. Die Versammlung war ihm dankbar. Rist grüßte ergeben. Schon wieder in Tränen: der junge Scheffler. Gryphius stand auf, ging auf Gerhardt zu und umarmte ihn mit großer Gebärde. Danach wollte sich Nachdenklichkeit breitmachen. Schütz saß wie unter eine Glasglocke gestellt. Albert voll innerer Not. Dach schneuzte sich laut, mehrmals.
Da sagte Logau in die abermals ausbrechende Stille: Er wolle nur bemerken, daß das fromme Kirchenlied, wie es von vielen, die anwesend seien, fleißig für den Gemeindegebrauch hergestellt werde, eine Sache sei, die zum literarischen Streit nicht tauge; eine andere Sache jedoch nenne er des Herrn Schütz hohe Kunst, die sich um das alltägliche Strophenlied nicht kümmern könne, weil sie auf vielstufigem Podest dem beliebigen Gebrauch entrückt stehe, doch gleichwohl, wenn zwar über die Gemeinde hinweg, einzig dem Lob Gottes erschalle. Außerdem wolle, was Herr Schütz kritisch zum atemlosen Sprachgebrauch der deutschen Poeten angemerkt habe, gründlich bedacht sein. Er jedenfalls danke für die Lektion.
Weil Czepko und Hoffmannswaldau ihm zustimmten, Rist und abermals Gerhardt anderer Meinung sein wollten, Gryphius sich heftig zu entladen drohte und Buchner nach allzu langem Schweigen mit längerer Rede angereichert war, hätte sogleich wieder ein Disput beginnen können, zu-

mal Dach unschlüssig zu sein schien und sich der neuerlich aufwallenden Redekunst wie ausgeliefert sah; da sprach wider Erwarten (und unaufgerufen) noch einmal Schütz. Sitzend entschuldigte er sich leise, Anlaß für so viele Mißverständnisse gewesen zu sein. Einzig sein übergroßes Verlangen nach abgeklärten und doch bewegenden Wortvorlagen trage Schuld daran. Deshalb müsse er noch einmal dartun, welcher Art Sprachwerk der Musik dienlich sein könne.

Jetzt erst stand er auf und begann, gelehrt am Beispiel seiner Passionsmusik „Die sieben Worte am Kreuz" seinen musikalischen Umgang mit dem Wort zu erläutern. Welche Dehnung es zulassen, welcher Hebung es fähig sein müsse. Wie sich des Wortes Geste im Gesang zu weiten habe. Wie hochgestimmt sich das tiefe Trauerwort erheben dürfe. Schließlich sang er mit schöngebliebener Altmännerstimme die Maria und den Jünger betreffende Stelle: „Weib, Weib, siehe, siehe, das ist dein Sohn..." – „Johannes, Johannes, siehe, das ist deine Mutter..." Dann setzte er sich wieder und verkündete sitzend, die Versammlung abermals erschreckend, zuerst in lateinischer – „Ut sol inter planetas..." –, dann in deutscher Fassung des Henrico Sagittario Devise: Wie die Sonne zwischen den Planeten, strahle die Musik inmitten der freien Künste.

Entweder hatte Dach, noch erfreut (oder erschrocken) über den bewegenden Gesang, die neue Anmaßung nicht empfunden, oder er wollte sie überhört haben. Jedenfalls rief er übergangslos zu neuen Lesungen auf: zuerst Zesen, dann Harsdörffer und Logau, endlich Johann Rist. Die Aufgerufenen waren nacheinander willig. Einzig Rist gab zu bedenken, er könne nur aus erstem Entwurf stümpern. Jeder Lesung schloß sachliche, nun ganz beim Text bleibende und nicht mehr theoretisch auswuchernde Kritik an, bis auf die üblichen Ausflüchte ins Moralische. Gelegentlich verließ der eine, der andere die Versammlung, sei es, um sein Wasser abzuschlagen oder nach Telgte zu laufen, sei es, um in der Sonne, vorm Stall, mit den verbliebenen Musketieren zu würfeln. (Als tagsdrauf Weckherlin Klage führte, es sei ihm aus seiner Kammer Geld gestohlen worden, wurde Greflinger, weil ihn Schneuber beim Würfeln gesehen hatte, zuerst verdächtigt.)

„Der Wohlsetzende", wie er im folgenden Jahr als neues Mitglied der Fruchtbringenden Gesellschaft genannt und bald danach geadelt werden sollte: Filip Zesen, dieser unruhige, verstiegene, seinen Neuerungen immer vorweg sich erklärende, von mehreren inwendigen, einander die Luft raubenden Feuern verzehrte, eigentlich junge Mann, sprach anfangs wirr, ohne die Tatsache – in der Ems treibende Leichen – beim Namen zu nennen, von einem „schröcklichen Bild", das, um der Liebe ihren Schluß zu gönnen, seinem Skript noch fehle. Dann sammelte er sich auf dem Schemel neben der Distel und las aus einem bereits in Holland gedruckten schäferlichen Liebesroman, in dem ein junger Deutscher namens Markhold vergeblich um eine venezianische Rosemund freit, weil er, lutherischer Konfession, die Katholische nur dann haben darf, wenn er verspricht, spätere Töchter pfäffisch erziehen zu lassen.
Dieser Konflikt, der viel Praxis und noch mehr Zukunft hatte, interessierte die Versammlung, wenngleich das Buch den meisten bekannt war und Zesens neumodische Schreibweise – di statt die, si statt sie, desgleichen die Umlaute: ändlich, stärblich, härz, aber auch trühbnüs, dahrüm – schon etliche Streitschriften (Rists Polemik voran) zur Folge gehabt hatte.
Zwar verteidigten Harsdörffer und Birken den Neuerer und kühnen Wortbildner, zwar lobte Hoffmannswaldau den galanten Fluß der Erzählung, doch lösten die Ohnmachtsanfälle der adriatischen Rosemund, ihr ständiges „unbas" sein – „Di augen waren halb eröffnet, der mund verblasset, di zunge verstummet, di wangen verblichen, di hände verwälket und unbewähglich..." – bei Rist und anderen Zuhörern (Lauremberg und Moscherosch) störendes Gelächter während der Lesung und lustvolle Parodien im Verlauf der Kritik aus.
Wie unter Peitschenhieben saß Zesen. Kaum daß er Logaus Zwischenruf: „Ein Wagnis immerhin!" wahrnahm. Als schließlich Buchner seinem ehemaligen Schüler mit kühler und Opitz allgewaltig herbeizitierender Rede die gefühligen Überschwemmungen einzudeichen begann, rettete sich Zesen in heftiges Nasenbluten. Wieviel der dürre Mensch davon hatte. Es floß über den weißen Rundkragen. Es tropfte ins immer noch offene Buch. Dach brach die Kritik

ab. Jemand (Czepko oder der Verleger Elzevihrn) führte Zesen in den Hintergrund. Auf die kühlen Dielen gelegt, verging ihm das Bluten bald.
Inzwischen saß Harsdörffer neben der Distel. „Der Spielende", wie er im Kreis der Fruchtbringenden Gesellschaft hieß. Ein immer lockerer, selbstsicherer Herr mit Gespür für das Neue, der sich mehr als gelehrter Förderer junger Talente und – einzig zum Wohle Nürnbergs – als patrizischer Stadtpolitiker, denn als Dichter von Passion gab; also las er, was allgemein gefiel: einige seiner Rätsel, deren Auflösung der Versammlung unterhaltsam war. Mal war es ein Federbett, dann des Mannes Schatten, ein Eiszapfen, der böse und der wohlschmeckende Krebs, endlich ein totes Kind im Mutterleib, die alle kunstvoll in jeweils vier Zeilen versteckt waren. Harsdörffer trug launig, die Wirkung eher mindernd, vor.
Nach viel Lob, in das auch Gryphius einstimmte, fragte Birken vorsichtig, als wollte er seinen Förderer um Rat ersuchen, ob es wohl schicklich sei, ein im Mutterleib schon abgestorbenes Kind in solch leichtfüßiger Versform zu verbergen?
Nachdem er Birkens Frage als Unsinn qualifiziert, Einwände von Rist und Gerhardt, die gar nicht laut geworden waren, dennoch zitiert, dann widerlegt hatte, befand der Literaturmagister Buchner, es könne das Rätsel sowohl heiter gebunden sein, als auch mit tragischer Lösung niederkommen; im übrigen tauge diese Kleinform nur als Nebenwerk der Dichtkunst, sei aber durchaus den Pegnitzschäfern angemessen.
Schon saß der verarmte, doch als Verwalter der Briegschen Güter gesicherte Landedelmann auf dem Schemel und gab der Distel neben sich, indem er mit ihren Stacheln zwei drei seiner handgroßen Papierchen spießte, ironischen Hintersinn. „Der Verkleinernde", wie er als Mitglied der Fruchtbringenden Gesellschaft genannt wurde. Und bewährt knapp faßte sich Logau. Sarkastisch und einigen Ohren zu frech sagte er in zwei Zeilen mehr, als lange Abhandlungen hätten zerreden können. Etwa über die Konfessionen: „Lutherisch, Päbstlich vnd Calvinsch, diese Glauben alle drey Sind verhanden; doch ist Zweiffel, wo das Christenthum dann sey." Oder in Aussicht auf den bevorstehen-

den Frieden: „Wer wird, nun Friede wird, bey solcherley verwüsten Zum ersten kummen auff? die Hencker vnd Juristen.“

Nach zwei längeren Gedichten, von denen eins einen Kriegshund sprechen ließ, schloß Logau mit einem Zweizeiler, der sich der Frauenmode annahm und den er ausdrücklich den Mägden der Wirtin Libuschka widmen wollte: „Frauen-Volck ist offenhertzig; so wie sie sich kleiden jetzt Geben sie vom Berg ein Zeichen, daß es in dem Thale hitzt.“

Nach Hoffmannswaldau und Weckherlin zeigte sogar Gryphius Gefallen. Buchner schwieg zustimmend. Jemand wollte bei Schütz ein Lächeln bemerkt haben. Rist erwog öffentlich, den Zweizeiler vom Streit der Konfessionen bei nächster Predigt seiner Wedelschen Kirchgemeinde zuzumuten. Als sich – man ahnte schon warum – der fromme Gerhardt meldete, übersah Dach dessen Handzeichen und sagte, wie um dem Übersehenen Bescheid zu geben: Wer an des Logau Offenherzigkeit Anstoß nehme, den wolle er heute nacht zu den drei Mägden sperren. Er kenne etliche Herren, die dortzulande schon vom Berg ins Tal gestiegen seien.

Indem die Dichter einander spöttisch musterten, Greflinger ein Liedchen pfiff, Birken mit feuchten Lippen lächelte, Schneuber halblaut anzüglich wurde und Lauremberg nach dem jungen Scheffler fragte, sagte Buchner: Nunja. Man müsse sich sputen. Bei so knapper Zeit sei nur beeilte Nebenhandlung möglich.

Unterm Gelächter hatte indessen der „Elbschwan“ zwischen Dach und der Distel den Schemel besetzt. So wurde Johann Rist, auf den „Boberschwan“ Opitz anspielend, gelegentlich von Freunden gerufen, mit denen er als Mitglied der Fruchtbringenden Gesellschaft als „Der Rüstige“ korrespondierte. Alles an Rist war stattlich: sein nachhallender Predigerschwall, seine kammerherrlichen Auftritte, sein satter, marschländischer Humor, sein riesiges, immer mit bestem Tuch gekleidetes Gliederwerk, der Bart, die griffige Nase und selbst sein wäßriger Blick, so tückisch er sein linkes Auge verengen konnte. Zu allem hatte er eine Meinung. Nichts kam ihm unwidersprochen davon. Immer in Fehden (nicht nur mit Zesen) verzettelt, blieb er doch fleißig auf

seinen Papieren, in denen er nun, vorerst unentschlossen, zu kramen begann, bis er sich straffte, bereit.
Rist kündigte an, daß er dem Friedensschluß, welcher noch immer bei Waffenlärm ausgehandelt werde, voraus sein wolle und deshalb ein Schauspiel niederzuschreiben begonnen habe, welches „Das Friedejauchtzende Teutschland" heißen solle. Darin werde eine weibliche Hauptperson als „Die Wahrheit" auftreten. „Denn es muß euch doch die Wahrheit etliche Sachen verkünden oder anmelden, welche vielen von Hertzen lieb, vielen vielleicht nicht wenig Leid seyn werden. So mercket denn nun auff, ihr Teutschen!"
Er las einige Szenen des ersten Zwischenspiels, in denen ein kriegsmüder Junker im Gespräch mit zwei Bauern deren Sittenverfall beklagt. Die Soldaten haben die Bauern geschunden. Die Bauern haben der Soldateska das Leuteschinden abgeguckt. Sie stehlen, plündern, brandschatzen, saufen und huren wie diese. Deshalb fürchten sie den Friedenstag, der ihrem Lotterleben ein Ende bereiten könnte. Während die Bauern Drewes Kikintlag und Beneke Dudeldey ihr lustiges Leben als Wegelagerer und Saufköppe in brockigem Plattdeutsch preisen – „...wat hebben wy usk üm den Krieg tho schehren? Krieg hen, Krieg her, wenn wy in uses Krögers, Peter Langwammes, synem Huse man frisk wat tho supen hebbet..." –, entrüstet sich der Junker in gestelztem Kanzleideutsch: „Ey behüte mich der höheste Gott, was höre ich? Wollet ihr elende Leute noch lieber unter den hefftigen Kriegspressuren leben, als unter eurer ordentlichen Obrigkeit in gutem Glükke, erwünschtem Friede und stiller Ruhe sitzen?" Aber den Bauern ist die regellose Kriegszeit lieber als das zu erwartende Steuernpressen nach ausbrechendem Frieden. Sie fürchten die alte Ordnung und deren Wiederkehr als neue Ordnung. Die von wechselnden Heerhaufen auferlegten Kriegskontributionen sind ihnen leichter als die zukünftige Steuerlast.
Rist las die kurze Szene, in der, wie mit verkehrten Rollen, der Offizier zum Frieden mahnt, die Bauern den Krieg verlängern wollen, geschickt wie ein Schauspieler, der sich die eine, die andere Maske vors Gesicht hält. Schade, daß nur wenige dem holsteiner Plattdeutsch folgen konnten. Nach seiner Lesung mußte der Autor für Moscherosch, Harsdörffer, Weckherlin und für die Schlesier die deftigsten Passa-

gen übersetzen, wobei sie an Saft verloren und papieren wie des Junkers Rede wurden. Deshalb entzündete sich der Disput weniger an der Szene des Friedenspiels, mehr an der allgemeinen Sittenlosigkeit.
Jeder wußte schlimme Beispiele: Wie man in Breisach, als es belagert wurde, streunende Kinder abgeschlachtet habe. Wie sich der Pöbel, wo die Ordnung hätte flüchten müssen, herrisch aufspiele. Wie städtisch geputzt der lausigste Bauerntölpel daherstolzierte. Und jeder wußte von Wegelagerern im Fränkischen, in der Mark, hinter jedem Busch. Zum zehnten Mal klagte Schneuber, wie er mit Moscherosch, von Straßburg her unterwegs, ausgeraubt worden sei. Von bereits gehenkten und noch freilaufenden Übeltätern war die Rede. Das wüste Fouragieren der Schweden wurde verklagt. Doch während die Schlesier noch vielstimmig Bericht gaben und sich in schrecklichen Einzelheiten (Schwedentrunk, Füße im Feuer) verloren, platzte, nachdem ich schon länger Lärm von draußen (die kläffenden Hofköter) gehört hatte, der Regimentssekretär in die Versammlung hinein.
Noch im grünen Wams, die Feder am Hut, sprang er zwischen die Herren, salutierte nach kaiserlicher Manier und rief das Ende der Grützsuppenzeit aus. Er habe dem schmalhansigen Elend den Schlußpunkt gesetzt. Ihm seien fünf Gänse, drei Ferkel und ein fetter Hammel zugelaufen. Mit Würsten habe man ihn unterwegs beworfen. Das alles wolle er vorzeigen zum Beweis. Schon könne man seine Leute draußen im Hof den Spieß drehen sehen. Das werde ein Fest geben, dem die versammelten Dichter nur noch etliche lucullische Doppelreime, epicurische Jamben, bacchantische Sinnsprüche, dyonysische Daktylen und platonische Gescheitheiten beisteuern müßten. Wenn schon nicht der Frieden, dann solle der Krieg in seinen letzten Zügen gefeiert werden. Man komme endlich in den Hof und staune, wie brav der Stoffel, den man von Böhmen bis in den Breisgau, vom Spessart runter bis ins platte Westfalen den Simpel nenne, für die teutsche Poeterey zu fouragieren beflissen gewesen sei.
Man brach nicht gleich auf. Dach bestand auf Ordnung. Er sagte, noch stehe es ihm zu, die Versammlung aufzulösen. Er werde weitere Wortmeldung und Gegenworte anneh-

men. Schließlich dürfe der Elbschwan nicht umsonst gesungen haben.
Also setzten wir wenige Wechselreden lang den Disput über Rists Szene und den landesweiten Sittenverfall fort. Gryphius gab zu bedenken, daß das dumpfe Publikum, sollte ihm dieses Schauspiel vorgesetzt werden, eher die Bauern als den Junker beklatschen werde. Moscherosch lobte, daß Rist den Mut gehabt habe, die gegenwärtige Not in Szene zu setzen. Aber, fragte Czepko sich und andere, habe der Bauer nicht Grund, die Wiederkehr der alten Ordnung zu fürchten? Ja, welche Ordnung man denn wolle, wenn nicht die gute alte? rief Lauremberg.
Um mit der Frage nach einer neuen, womöglich gerechten Ordnung dem Disput nicht abermals Reizfutter zu geben, und weil vom Hof her Bratendunst bis in die Diele strich, gab Simon Dach, als sich die Unruhe mehrte, das Zeichen zum Ende der nachmittäglichen Sitzung. Einige – nicht nur die Jungen – beeilten sich ins Freie. Andere nahmen sich Zeit. Zuletzt verließen Dach und Gerhardt, der nun endlich mit Schütz in ruhigem Gespräch wie versöhnt war, die Große Diele. Zurück blieb die Distel neben dem blanken Schemel. Draußen ging es wie in einem Festgedicht zu.

14

Da waren die fünf Gänse schon an einen, die drei Spanferkel an den nächsten gereiht, und der Hammel, mit Würsten gefüllt, drehte sich mit dem dritten Spieß. Der lange Tisch aus der Kleinen Wirtsstube stand an das Ufergebüsch des äußeren Emsarmes gerückt, so daß ihn der Qualm der Feuer, die mitten im Hof zu Glut kamen, nicht bestrich. Mit ihren Mägden eilte die Wirtin Libuschka zwischen Haus und Hof, um den Tisch zu bestellen. Bei näherem Hinsehen zeigten die Tischtücher, daß sie vormals einem Altar gedient hatten. Die Teller, Schalen, Krüge und Schüsseln mochten in ein westfälisches Wasserschloß gehören. Außer zweizinkigen Gabeln zum Anreichen lag anderes Besteck nicht bereit.
Zum gegenüberliegenden Stall wehte der Qualm und machte, daß dahinter die Ufererlen des inneren, die Stadt

begrenzenden Emsarmes, die Giebel der Herrenstraße und seitab die Pfarrkirche wie verschleiert standen. Den Spießbraten saßen die Musketiere des Gelnhausen bei. Weil sie das tropfende Fett der Gänse, Ferkel und des Hammels in Häfen auffingen, konnten sie die Braten immer neu flomen, schmälzen und mit dem ausgelassenen Hammeltalg salben. Vom Wacholdergebüsch, mit dem der Emshagen bis zur Walkmühle wild zugewachsen war, holte der Pferdeknecht trockenes Gestrüpp, das den Feuern zeitweilig heftigen Qualm gab: flachgemalt lag die Stadt Telgte hinter dem bewegten Bild, in das sich die Hofköter, vereinzelt oder als Meute, immer neu stellten. (Später stritten sie um die Knochen.)
Indessen waren die Reiter des Gelnhausen dabei, auf frischgerammten Pfählen gemusterte Planen, wie vom Zelt eines hessischen Obristen, gleich einem Baldachin über den gedeckten Tisch zu spannen. Dann wurden Girlanden aus frischem Laub geflochten und mit Blumen durchwirkt, die im Garten der Wirtin als Buschrosen wucherten. Bald kletterten die Girlanden um die Pfähle des Baldachins. Dessen Ränder säumten lustige, zu Zöpfen geschnürte Fransen, an denen Schellen hingen, die später, als ein Lüftchen ging, zum Fest beitrugen.
Obwohl noch Tag war und der Abend erst zag beginnen wollte, holte Gelnhausen aus jenem Planwagen, dem am Frühmorgen angespannt worden war und der die Gänse, Ferkel, den Hammel, das Tafelgeschirr, die Altartücher und den Baldachin gebracht hatte, fünf schwersilberne Leuchter kirchlichen Ursprungs, die noch mit Kerzen bestückt waren, kaum angebrannten. In schöner Ordnung reihte der Stoffel das dreiarmige Silber auf dem gedeckten Tisch. Nach einigen mehr lockeren Stellversuchen gab er sich militärisch, als wollte er eine Kompanie in Reihe bringen. Abseits in Gruppen sahen die Poeten das alles; und ich schrieb mit.
Als nun aber aus dem unerschöpflichen Planwagen, unter Gelnhausens Aufsicht, eine knäbleingroße Figur geschleppt wurde, die, in Bronze gegossen, Apoll darstellte, als endlich das Kunstwerk in der Mitte der Tafel, nachdem abermals die Leuchter verrückt worden waren, seinen Platz bekommen hatte, mochte Simon Dach nicht länger nur staunen

und immer bänglicher den Aufwand bewundern. Er nahm die Wirtin, dann Gelnhausen beiseite und wollte wissen, woher und mit welchem Recht man die Schätze geholt, womit bezahlt oder mit wessen Erlaubnis geliehen habe. Soviel gewürfeltes Gut – Fleisch Linnen Metall – fliege niemandem zu.
Gelnhausen sagte, das stamme zwar alles, sogar die Gänse, Ferkel, der Hammel, aus katholischem Haus, sei aber durchweg ehrenhaft anzusehen, denn bei seinem notwendigerweise geheimnisvollen Besuch in Münster – er müsse Nebensachen noch immer verschweigen – hätten etliche Gesandte des Friedenskongresses das inzwischen bekannt gewordene Treffen der deutschen Poeten heftig begrüßt. Der päpstliche Nuntius, Monsignore Chigi, bitte um eine persönliche Widmung in sein jederzeit mitgeführtes Exemplar der Harsdörfferschen Frauenzimmer-Gesprächspiele, einen einundvierziger Erstdruck. Der venezianische Abgesandte Contarini lasse den bei San Marco unvergessenen Maestro Sagittario grüßen und erlaube sich, in Erinnerung zu bringen, daß eine Rückkehr des Herrn Schütz nach Venedig dort jederzeit Ovationen auslösen würde. Der Marquis de Sablé habe die Nachricht vom Treffen der Poeten sogleich in Stafetten an Frankreichs Kardinal weitergereicht und werde, falls die Versammlung ihm die Ehre geben wolle, sein Palais richten lassen. Einzig der von Osnabrück angereiste schwedische Gesandte habe, obgleich Sohn des großen Oxenstierna, geguckt wie ein Kalb, wenn's donnert, als die weitberühmten, ihm aber spanischen Namen aufgesagt worden seien. Dafür habe sich um so herzlicher der Graf Johann von Nassau erwiesen, der als Vertreter des Kaisers, seit Trauttmannsdorffs Abreise, die Verhandlungen führe, weshalb der Nassauer sogleich dem hohen Kanzleibeamten Isaak Volmar den Auftrag erteilt habe, für das Wohlergehen der weitgereisten Poeten zu sorgen: Atzung, Labsal und liebliche Präsente: ein gülden Ringlein, hier für den Herrn Dach, aus Silber feingetriebene Becher, hier und hier ... Worauf sich Volmar, ausgestattet mit schriftlichen Weisungen, das nun bevorstehende Festmahl betreffend, seiner, des Gelnhausen Ortskenntnisse bedient habe. Dort und dorthin habe er sich sputen müssen. Schließlich kenne er das Westfälische wie seine Tasche. Als einst berühmter Jä-

ger von Soest sei er zwischen Dorsten, Lippstadt und Coesfeld landeskundig geworden. Münster selbst, wo alles den Gesandtschaften zufalle, habe kein leidliches Angebot machen können. Doch das freie Land gebe immer noch her. Kurzum: auf Weisung des gräflichen Nassauers habe er als kaiserliche Partei fast ohne Mühe die Order ausführen können, zumal die Gegend ringsum katholischer sei, als es der Papst je im Sinn gehabt hätte. Es fehle an nichts. Nur an Wildpret werde es mangeln. Er zeige, hier, gerne die Liste. Abgehakt alles: der Wein und der Käse. Ob der Herr Dach etwa unzufrieden sei?
Diesen Bericht, dem etliche Anekdoten über das Treiben in Münster eingefügt waren und dessen hier unerwähnte Nebensätze antikes Personal als Zeugen bemühten, hatte sich Simon Dach zuerst allein, dann mit Logau, Harsdörffer, Rist und Hoffmannswaldau, schließlich umringt von uns allen, anfangs mißtrauend, dann mit wachsendem Staunen, endlich ein wenig geschmeichelt angehört. Verlegen drehte er das güldene Ringlein. Von Hand zu Hand wanderten die Silberbecher. Mochte Logau (altgewohnt) seine spitzen Bemerkungen machen, mochte auch etliches an dem Bericht übertrieben sein, ungern hörte man die Grüße und Empfehlungen von so hoher Seite nicht. Und als Gelnhausen aus seiner Kuriertasche ein Exemplar der Frauenzimmergesprächsspiele – Jawohl, einen einundvierziger Erstdruck! – hervorzog, dessen Ex libris den päpstlichen Nuntius Fabio Chigi (nachmals Papst Alexander VII.) als Besitzer nannte, das Buch hinhielt und Harsdörffer lächelnd um baldige Widmung bat, war man allseits überzeugt von der Ehrenhaftigkeit des bevorstehenden Festmahls; sogar Logau blieb stumm.
Restliche Zweifel, ob man, als gutlutherisch, diese im Grunde pfäffischen Zuwendungen annehmen dürfe, zerstreute Dach, indem er Gryphius, schließlich auch Rist und Gerhardt mit Hinweisen auf des verehrten Opitz katholische Dienstfertigkeit überzeugte: Der selige Boberschwan sei allzeit als Ireniker, im Sinne des hochgelehrten Grotius und als Schüler des seligen Lingelsheim, für die Freiheit der Konfession und gegen jegliche Ausschließlichkeit angetreten. Ach, möge der Friede auf diese Weise geraten, daß Lutheraner bei Katholiken und Katholiken bei Lu-

theranern und Calvinisten speisen dürften, desgleichen Lutheraner und Calvinisten an einem Tisch. Ihm jedenfalls lasse auch ein katholisches Ferkel das Wasser im Munde zusammenlaufen.
Da rief schon die Wirtin: Es könne angeschnitten werden.

15

Endlich! rief Greflinger und schüttelte sein schwarzes, über die Schultern ringelndes Haar. Mit Lauremberg war Rist sicher, sich diesen Braten verdient zu haben. Doch neben Logau sorgte sich Czepko: Es habe womöglich der Teufel die drei Spießfeuer entfacht. Birken wollte den bisherigen Mangel mit Fleiß ausgleichen. Das versprach er dem stillen Scheffler, dessen Blick bei den Mägden war. Mit wölfischem Hunger drängte sich Moscherosch zwischen Harsdörffer und dessen Verleger. Als Gryphius mit seinem geräumigen Magen prahlte, erinnerte ihn Hoffmannswaldau an die Vergänglichkeit aller Gaumenfreuden. Dem ärschlings noch immer wunden Schneuber fiel es schwer, bei so viel Zungenspaß ohne Ärgernis zu sitzen. Der alte Weckherlin wollte sich vorrätig eine Gänsebrust ins Tuch schlagen und riet Gerhardt zu ähnlicher Vorsorge. Doch an Zesen vorbei, der hellsichtig in die Spießbratenfeuer vernarrt blieb, drohte Gerhardt der Versammlung, in seinem Tischgebet jedermann Mäßigung aufzuerlegen. Aber Dach, der neben sich seinen Albert hatte, sagte: Heut werde der junge Birken für alle laut beten. Albert blickte sich suchend um, fragte den Kaufmann Schlegel, der gab die Frage über Elzevihrn an den Verleger Mülben weiter, worauf sie sich, bis sie bei Buchner ankam, selbst beantwortet hatte: Schütz fehlte bei Tisch.
Woher ich das alles weiß? Ich saß dazwischen, war dabei. Mir blieb nicht verborgen, daß die Wirtin Libuschka eine ihrer Mägde in die Stadt schickte, etliche Dirnen für die Nacht anzuwerben. Wer ich gewesen bin? Weder Logau noch Gelnhausen. Es hätten ja noch andere geladen sein können: Neumark etwa, der aber in Königsberg blieb. Oder Tscherning, den besonders Buchner vermißte.
Als wer auch immer, ich wußte, daß die Fässer Wein Meß-

wein waren. Mein Ohr fing auf, was sich die kaiserlichen Musketiere beim Zerlegen der Gänse und Ferkel, beim Anschneiden des Hammels zuriefen. Ich hatte Schütz, kaum war er in den Hof getreten, des Aufwandes gewahr und Gelnhausens Zuhörer geworden, ins Haus zurück, die Stiege hoch in seine Kammer steigen sehen. Ich wußte sogar, was niemand sonst wußte, daß in Münster, während im Telgter Brückenhof das Festmahl der deutschen Poeten begann, die bayrischen Abgesandten das Elsaß an Frankreich verbrieften und dafür (mit dem Versprechen der Kurwürde) die Pfalz bekamen. Ich hätte weinen mögen über den Schacher, aber ich lachte, weil ich dabei sein, dazwischensein durfte, während unter dem hessischen Baldachin, nun schon im Abenddämmer, die Kerzen im katholischen Kirchensilber angezündet wurden und sich unsere Hände verschränkten. Denn jetzt erhob sich Birken, der neben Scheffler saß, um, aus meiner Sicht halbverdeckt durch die Bronze des knäbleinhohen Apollo, doch schön wie dieser, ein ganz und gar protestantisches Tischgebet zu sprechen: „Lasset uns mit Jesu ziehen, in der Welt der Welt entfliehen..." Von der Mitte des Tisches sprach danach stehend – die äußere Ems im Rücken, vor sich die gegen den Himmel eingedunkelte Stadt – zu allen noch einmal Simon Dach, obgleich das zugeschnittene Fleisch schon im Schloßporzellan dampfte. Womöglich weil Birken zu düster und weltentrückt zu Tisch gebetet hatte – „...Laßt uns töten, weil wir leben, unser Fleisch..." –, wollte der eher praktische Christ irdischen Zuspruch geben: Wenn selbst der Geist nicht allein vom Geist lebe, dürfe den armen und stets am Rande lungernden Poeten getrost ein ordentlicher Happen zufallen. Deshalb wolle er Gelnhausen, dem Dank gesagt sei, nicht mehr mit weiteren Fragen nach dem Woher kommen, sondern es gut sein lassen. Indem er hoffe, daß auf allem, was der Tisch überreich trage, Gottes Segen ruhe, bitte er die Freunde, dem nicht verwöhnten Gaumen Gutes zu tun. Es gebe das nun beginnende Fest sattsam Vorgeschmack auf den endlichen Frieden!

Sie langten zu. Mit beiden Händen. Andächtig aufgestützt. Mit schlesischem, fränkischem, elbischem, märkischem, mit alemannischem Hunger. Desgleichen die Reiter, Musketiere, Hofköter, der Pferdeknecht, die Mägde und weiteren

Weiber, die aus der Stadt bestellt waren. Sie gingen den Gänsen, Ferkeln, dem Hammel ans Gebein. Auch was den Hammel gefüllt hatte, Blut- und Leberwürste, war auf den Tisch gekommen und hälftig bei den Feuern geblieben. In den Saft, der aus spitzen, rund gestutzten, gezwirbelten Bärten tropfte und fettig in Tellern stand, tunkten sie frischgebackene Weißbrotstuten. Wie krustig die Haut der Spanferkel krachte. Es hatte das Wacholdergestrüpp, als Zwischenzunder, besonders dem Hammel Geschmack gegeben.

Unruhig hin und her blieben allein die Wirtin und Gelnhausen. Weiter trugen sie auf: in Milch mit Rosinen gedämpfte Hirse, Schälchen voller kandiertem Ingwer, Essiggurken, Pflaumenmus, schwere Krüge voller rotem Wein, trockenen Ziegenkäse und endlich den in der Küche abgekochten Hammelkopf, dem die Libuschka eine rote Rübe quer ins Maul gezwängt, den sie mit weißem Rundkräglein nach Herrenart gekleidet und mit einem Kranz aus Sumpfdotterblumen zum bekränzten Schafskopf gemacht hatte. Wie sie ihn auftrug, wirkte die Courage königlich und gab noch Würde dem aufgetragenen Haupt ab.

Das ließ Witze zu. Der Schafskopf wollte verglichen werden. Ihm wurde in Jamben und Trochäen, auf dreisilbigem Versfuß, mit Buchnerschen Daktylen, in Alexandrinern, Schüttel-, Stab-, Binnenreimen und flink aus dem Stegreif gehuldigt: Greflinger, indem er als gefoppter Hammel seine treulose Flora beklagte, die anderen mit politischen Anspielungen.

„Nicht Leu, nicht Aar, weil er so brav, Deß Teutschen wappen ziert ein Schaf“, warf Logau hin. Moscherosch ließ des Deutschen Wappentier „nach hispanischen Manieren welscher Weise konversieren“. Und Gryphius, der in sich hineinfraß, als wollte er die Welt vertilgen, reimte, indem er für ein Weilchen von eines Ferkels Vorderlauf abließ: „Alle Schaf, die blöken frieden, werden ihn vom Metzger kriegen.“

Der Literaturmagister Augustus Buchner nahm die schnell gefundenen Reime hin, überhörte auch Zesens „Hammel hammeln himmelwärts...“ und bemerkte nur: Er sei froh, daß der strenge Schütz dererlei Kunststücke nicht anhören müsse... Worauf Dach überm Gänsebein, das er mit Pflau-

menmus bestrichen hatte, erschrocken einhielt, der gleichfalls verschreckten Runde gewahr wurde und seinen Albert bat, in Eile nach dem Gast zu sehen.
Ohne Überrock, auf dem Bett ruhend, fand der Domorganist den alten Mann in seiner Kammer. Sich knapp aufrichtend sagte Schütz: Es sei freundlich, daß man ihn vermisse, doch wolle er noch ein wenig ruhen. Die vielen neuen Eindrücke müßten bedacht werden. So die Erkenntnis, daß scharfer Klugsinn, wie der des Logau, keine Musik einlasse. Jaja. Er glaube gerne, daß man im Hof heiterer Stimmung sei. Es komme die Fröhlichkeit vielstimmig bis in seine Kammer und verlache Gedanken wie diesen: Wenn die Vernunft, wie er sie schätze, der Musik abträglich sei, also das Tonsetzen dem vernünftigen Wörtersetzen zuwider laufe, fragte er sich, wieso dem Logau, bei kühlem Kopf, dennoch Schönheit gelinge. Der Vetter Albert möge so viel Spitzfindigkeit gerne belächeln und ihn einen verhinderten Juristen heißen. Ach, wäre er doch, bevor ihn die Musik ganz und gar hätte einnehmen können, beim Studium der Rechtslehre geblieben. Noch heute sei ihm die Marburger Zeit als Schule des Scharfsinns von Nutzen. Gönne man ihm ein wenig Zeit, durchschaue er das feinste Lügengespinst. Es fehle nur noch der eine, der andere Fadenschlag. Denn jener hergelaufene Stoffel, der freilich lustiger spinne als etliche der angereisten Poeten, lüge sich eine Welt zusammen, die ihre eigene Logik habe. Was? Wie? Der Vetter Albert sei immer noch treuen Glaubens? Dann wolle er dessen Einfalt nicht stören. Doch, doch, er komme noch auf ein Glas. Später oder bald. Niemand solle sich sorgen. Getrost könne der Vetter gehen und fröhlich sein.
Nur kurz, als Albert schon in der Tür stand, gab Schütz einen Nachtrag seiner versammelten Sorgen. Er nannte seine Dresdener Umstände elend. Einerseits hielt er die Rückkehr nach Weißenfels für wünschenswert, andererseits drängte es ihn, nach Hamburg und weiter nach Glückstadt zu reisen. Dort hoffte er Nachricht vom dänischen Hof, die Einladung nach Kopenhagen zu finden: Opern, Ballette, heitere Madrigale... Lauremberg hatte ihm Hoffnung gemacht: Der Thronfolger sei den Künsten gewogen. Jedenfalls trug er den zweiten Teil der „Sinphoniae sacrae" ausgedruckt bei sich: Der sei dem Fürsten gewidmet. Dann legte

sich Schütz wieder, schloß aber nicht die Augen.
Im Hof hörte man die Nachricht, daß der kursächsische Kapellmeister später für eine Weile kommen wolle, auf diese und jene Weise erleichtert: einmal, weil der weitberühmte Gast nicht aus Ärger fernblieb; zum anderen, weil der strenge Gast nicht sogleich der mittlerweile fidelen, hier und da lärmigen Festtafel beisitzen wollte. Wir waren noch gerne ein wenig nur unter uns.
Greflinger und Schneuber hatten die drei Mägde der Wirtin an den Tisch gewinkt und – nach Gelnhausens Zuspruch – noch einige Telgter Dirnen dazugerufen. Die Magd Elsabe saß Moscherosch auf dem Schoß. Vermutlich der alte Weckherlin hatte dem frommen Gerhardt zwei übermäßig offenherzige Weiber an den Hals geschickt. Als sich die zierliche Magd, Marie gerufen, zutraulich und wie altbekannt an den Studenten Scheffler lehnte, saß der junge Mann bald spottübergossen. Besonders taten sich Lauremberg und Schneuber hervor: Ob die Marie ihm die heilige Jungfrau ersetze? Ob er vorhabe, durch solche Paarung katholisch zu werden? Und ähnliche Anzüglichkeiten, bis Greflinger den beiden bayrisch kam und seine Fäuste zeigte.
Woanders war Rist, dessen Predigerhände bei einer der Stadtdirnen auf Suche waren, durch Logau verletzt worden. Dabei hatte der „Verkleinernde" dem „Rüstigen" nur sagen wollen, daß, bei so eifrigem Schatzheben, kaum eine Hand für den Weinkrug freibleibe. Darauf war Rist mit beiden Händen wieder gestisch und lautstark ausfällig geworden. Er nannte Logaus Witz ätzend, weil ohne gesunden Humor und weil nicht gesund humorig, nur ironisch, und weil ironisch nicht deutsch und weil nicht deutsch „von unteutscher Art".
So kam es zu neuem Disput, bei dem die Mägde und Dirnen wie abgetan waren. Einzig nach den Weinkrügen griff man durstig, als über das Wesen von Ironie und Humor gestritten wurde. Logau stand bald für sich allein, weil mit Rist nun auch Zesen seinen verkleinernden Blick auf Dinge, Menschen und Zustände als zersetzend, fremd- und nicht deutschstämmig, verwelscht, also ironisch nur abtat und wortwörtlich verteufelte; denn darin einig, nannten Rist und Zesen des immer hintersinnigen Logau zumeist doppelzeilige Kunststücke bloßes Teufelswerk. Warum?

Weil die Ironie vom Teufel komme. Wieso vom Teufel? Weil sie welsch und deshalb des Teufels sei.

Zwar versuchte Hoffmannswaldau diesen deutschen Streit zu beenden, doch war sein Humor wenig dazu geeignet. Den alten Weckherlin belustigte das heimatliche Getöse. Zwar kaum noch wortmächtig, doch vom Wein bestärkt, griff mit Höllengelächter Gryphius ein. Als Moscherosch ein Wort zugunsten von Logau wagte, fielen Bemerkungen über dessen gewiß nicht maurischen und – bei Gott! – nicht deutschstämmigen Namen. Lauremberg schrie das schlimme Wort aus dem Hinterhalt. Eine Faust schlug den Tisch. Wein schwappte über. Greflinger roch die nahende Prügelei. Schon erhob sich Dach, um dem Ausbruch der rohen Kraft sein bisher respektiertes „Schluß jetzt, Kinder!" entgegenzusetzen, da kam aus dem Dunkel Heinrich Schütz in Reisekleidung über den Hof und ernüchterte die Gesellschaft.

Obgleich der Gast bat, sich nicht stören zu lassen, waren Humor und Ironie als Gegensatz sogleich wie fortgeblasen. Jeder hatte es nicht so gemeint. Die Mägde und Dirnen wichen zu den immer noch flammenden Spießfeuern aus. Buchner räumte den für Schütz vorgesehenen Sessel. Dach versicherte seine Freude über den spät, aber doch noch kommenden Gast. Die Wirtin Libuschka wollte ihm heiß von den Hammelkeulen auflegen. Gelnhausen goß ein. Doch Schütz aß und trank nicht. Stumm blickte er über den Tisch und dann zum Feuerplatz inmitten des Hofes, wo jetzt alle Musketiere und Reiter mit den Mägden und Stadtdirnen ihr Fest hatten. Ein mäßiger Pfeifer war unter den Musketieren. Zwei, dann drei Paare sah man vor und hinter dem Feuer in wechselnder Beleuchtung tanzen.

Nachdem Schütz eine Weile die Apollobronze und nur kurz die Silberleuchter besehen hatte, wandte er sich Gelnhausen zu, der immer noch mit dem Weinkrug neben ihm stand. Direkt ins Gesicht fragte er den Stoffel: Weshalb der eine Reiter und der grad tanzende Musketier – der dort! – am Kopf verletzt seien. Er wolle eine Antwort ohne Ausrede haben.

Worauf alle am Tisch erfuhren, daß den Reiter ein Schuß gestreift und den Musketier ein Dragonersäbel gottlob nur leicht blessiert hätte.

Weil Schütz nachfragte, hörte man, daß es zwischen den Kaiserlichen des Gelnhausen und einem schwedischen Kommando, dessen Standort in Vechta sei, zum Treffen gekommen wäre. Aber man habe den fouragierenden Schwed in die Flucht geschlagen.
Und dabei Beute gemacht? wollte Schütz wissen.
Jetzt kam ans Licht, daß die Gänse, Ferkel, der Hammel von den fouragierenden Schweden grad einem Bauern abgeschlachtet worden waren, den, zugegeben, eigentlich Gelnhausen hatte besuchen wollen: Er kenne den braven Mann, den der Schwed leider ans Scheunentor gespießt hätte, noch aus jener Zeit, in der er als Jäger von Soest weitbekannt gewesen sei. Damals wäre er in seinem grünen Wams mit den Goldknöpfen überall...
Schütz duldete kein Abschweifen. Schließlich kam heraus, daß sich das Kirchensilber, der knäbleinhohe Apollo, die hessischen Zeltplanen, das Schloßporzellan, die Altartücher nebst Pflaumenmus, Meßwein, kandiertem Ingwer, Essiggurken, Käse und Weizenstuten in einem erbeuteten schwedischen Planwagen gefunden hätten.
Als wollte er seinen Bericht möglichst sachlich halten, erklärte Gelnhausen: Man habe die Bagage umladen müssen, weil die schwedische Karosse bei der Flucht bis zur Radnabe in den Sumpf geraten sei.
Wer ihm namentlich den Auftrag für diese Räuberei erteilt habe?
So etwa sei die Weisung des Grafen von Nassau, vermittelt durch die kaiserliche Kanzlei, zu verstehen gewesen. Doch nicht Räuberei, sondern ein kriegsbedingtes Treffen habe das Umladen der Fourage zur Folge gehabt. Ganz nach Order.
Wie, aufs Wort genau, habe denn der Befehl geheißen, der ihm kaiserlich erteilt worden sei?
Neben der höflichen Austragung gräflicher Grüße sei ihm leibliche Sorge für die versammelten Poeten anbefohlen worden.
Hätte besagte Fürsorge unbedingt Fouragieren, also diverse Spießbraten, Würste, zwei Faß Wein, kunstreiche Bronze und weiteren Aufwand bedeuten müssen?
Nach gestriger Erfahrung mit der Küche der Wirtin des Brückenhofes wäre die Weisung des Grafen, leiblich für-

sorglich zu sein, nicht nahrhafter einzulösen gewesen. Und was den schlichten festlichen Rahmen betreffe, habe schon Platon…

Wie um den Krug überlaufen zu lassen, wollte Schütz noch vom Stoffel wissen, ob bei der verruchten Räuberei, außer dem Bauern, weitere Personen zu Schaden gekommen seien. Und Gelnhausen klagte beiläufig: Soviel ihm bei der Eile des Geschehens erinnerlich geblieben, seien dem Knecht und der Magd die schwedischen Manieren nicht wohlbekommen. Und sterbend habe sich die Bauersfrau um ihr Bübchen gesorgt, das er, gottlob, in den nahen Buschwald habe laufen, dem Greuel entkommen sehen.

Dann sagte der Stoffel noch: Er wisse eine Geschichte, die ähnlich traurig im Spessart beginne. Denn so sei es ihm als Bub ergangen. „Knan und Meuder" seien gräßlich verkommen. Immerhin lebe er. Wolle Gott, daß dem westfälischen Buben gleichviel Glück in den Weg laufe.

Danach sah die Festtafel wüst aus. Die gehäuften Knochen und Knöchlein. Weinlachen. Der vormals bekränzte, nun angefressene Hammelkopf. Ekel kam auf. Die runtergebrannten Kerzen. Die sich verkläffenden Köter. Scheppernd höhnten die Baldachinschellen. Den allgemeinen Jammer stärkte die Laune der Musketiere und Reiter: mit den Weibern am Feuer sangen, lachten und grölten sie ungetrübt. Erst ein Zuruf der Wirtin machte den Sackpfeifer verstummen. Abseits erbrach sich der junge Birken. Die Herren standen in Gruppen. Nicht nur Scheffler, auch Czepko und der Kaufmann Schlegel weinten. Halblaut hörte man Gerhardt beten. Der immer noch vom Wein benommene Gryphius torkelte um den Tisch. Logau versicherte Buchner, er habe dem Schwindel von Anfang an mißtraut. (Nur mit Mühe gelang es mir, Zesen zurückzuhalten, der ans Emsufer wollte: Leichen treiben sehen.) Und Simon Dach stand wie gebrochen und atmete schwer. Sein Albert öffnete ihm das Hemd. Einzig Schütz behielt die Fassung.

Er war in seinem Sessel bei Tisch geblieben. Und sitzend riet er den Poeten, ihr Treffen fortzusetzen, den unnützen Jammer abzustellen. Ihre Mitschuld an dem Greuel sei vor Gott klein. Ihre Sache jedoch, die dem Wort diene und dem armen Vaterland nütze, bleibe groß und müsse ihren Fort-

gang finden. Er hoffe, dabei nicht gestört zu haben.
Dann stand er auf und verabschiedete sich: von Dach besonders, herzlich von Albert, von allen anderen mit einer Geste. Er sagte noch: Nicht des schändlichen Vorfalls wegen, sondern weil es ihn eilig nach Hamburg und weiter ziehe, reise er vorzeitig.
Nach knappen Anweisungen – Dach schickte Greflinger, das Gepäck holen – nahm Schütz einige Schritte weit Gelnhausen beiseite. Man hörte den alten Mann freundlich reden, dem Tonfall nach: gutzureden. Einmal lachte er, dann lachten beide. Als der Stoffel vor ihm auf die Knie fiel, zog ihn Schütz hoch. Er soll, was Harsdörffer später erzählte, zu dem Regimentsschreiber gesagt haben: Er dürfe seine Lügengeschichten nie wieder mörderisch ausleben, sondern müsse sie beherzt niederschreiben. Lektionen habe ihm das Leben genug erteilt.
Als Heinrich Schütz abreiste, wurden ihm, außer dem Planwagen, zwei kaiserliche Reiter bis Osnabrück als Geleit gestellt. Bei Fackellicht standen die Herren im Hof. Danach rief Simon Dach die Versammlung in die Kleine Wirtsstube, wo wieder, als sei nichts geschehen, der lange Tisch stand.

16

„O Nichts, o Wahn, o Traum, worauf wir Menschen bauen…" Alles schlug in Jammer um. Die Spiegel malte das Grausen trüb. Den Wörtern war der Sinn verkehrt. Die Hoffnung darbte am verschütteten Brunnen. Auf Wüstensand gebaut, hielt kein Gemäuer. Einzig verlacht hatte die Welt noch Bestand. Ihr falscher Glanz. Des grünen Astes verheißene Dürre. Das weißgetünchte Grab. Die schöngeschminkte Leich. Der Ball des falschen Glücks… „Was ist des Menschen Leben, Der immer um muß schweben, Als eine Phantasie der Zeit!"
Solange der Krieg dauerte, doch seit den ersten, den Lissaer Sonetten des jungen Gryphius noch heilloser, war ihnen alles wie ohne Heil. So viele Lüste ihren Satzbau schwellten, so zierlich sie die Natur zu einer Schäferei, reich an Grotten und Irrgärten, frisierten, so leicht ihnen Klingwörter

und Klangbilder von der Hand gingen und mehr Sinn aufhoben als gaben, es geriet ihnen die Erde in letzter Strophe immer zum Jammertal. Den Tod als Erlösung zu feiern, gelang selbst den minderen Poeten ohne Mühe. Geil nach Ehre und Ruhm sah man sie wetteifern, die Vergeblichkeit menschlichen Tuns in prächtigen Bildern zu fassen. Besonders die Jungen waren mit dem Leben in Zeilen schnell fertig. Doch auch den Älteren war der Abschied vom Irdischen und seinem Blendwerk dergestalt geläufig, daß man das Jammertalige und den Erlösungsjubel ihrer fleißig (gegen mäßigen Lohn) geschriebenen Auftragsgedichte als zeitmodisch empfinden konnte, weshalb Logau, der sich gern kühl auf seiten der Vernunft hielt, seinen Spaß an der gereimten Todessehnsucht seiner Kollegen hatte. Mit ihm waren etliche gemäßigte Nachredner der These „Alles ist eitel" gelegentlich bereit, einander hinter das düstere Deckblatt in die heiter bebilderten Spielkarten zu gucken.
Deshalb hielten Logau, Weckherlin und die weltgewandten Harsdörffer und Hoffmannswaldau den gegenwärtigen Glauben, es werde ohnehin demnächst der Weltuntergang kommen und einem Gutteil der ihn herbeiunkenden Poesie den Beweis nachliefern, für nichts als Aberglauben. Doch die anderen – mit ihnen die Satiriker und sogar der lebenskluge Dach – sahen den Jüngsten Tag zwar nicht allzeit, aber doch immer dann in greifbarer Nähe, wenn sich die Gegenwart – was sie oft tat – politisch verdunkelte oder sobald sich die alltäglichen Schwierigkeiten zum Knoten verdickten: zum Beispiel, als nach dem Geständnis Gelnhausens das Festmahl der Poeten nur noch als Fresserei verdammt werden konnte und der Poeten Heiterkeit in Jammer verkehrt wurde.
Einzig von Gryphius, dem Meister der Düsternis, ging Frohsinn aus. Ihm war solche Stimmung üblich. Gelassen hielt er im Chaos stand. Sein Begriff menschlicher Ordnung fußte auf Trug und Vergeblichkeit.
Also lachte er: Was das Gezeter solle? Ob ihnen jemals ein Fest widerfahren wäre, das sich nicht selbsttätig in Graus ersäuft hätte?
Doch die versammelten Poeten konnten vorerst nicht aufhören, in den Höllenschlund zu starren. Das war des frommen Gerhardt Stunde. Rist nicht minder fleißig. Aus Zesen

frohlockte in Hörbildern Satan. Jammervoll ging dem jungen Birken der Schmollmund über. Mehr in sich gekehrt sah man Scheffler und Czepko Heil im Gebet suchen. Der sonst immer Pläne schmiedende Mülben voran, alle Verleger sahen ihres Gewerbes Ende nahen. Und Albert erinnerte Verse seines Freundes Dach:

„Seht, wie, was lebt, zum Ende leufft,
Wisst, daß des Todes Rüssel
Mit vns aus einem Glase säufft
Vnd frisst aus einer Schüssel."

Erst nachdem sie genug Zeit lang ihr Elend um den Tisch herum ausgekostet hatten, begannen die Poeten sich und einander anzuklagen. Besonders Harsdörffer wurde beschuldigt, ihrer Gesellschaft einen Wegelagerer zugemutet zu haben. Buchner zürnte: Nur weil der Kerl allzeit flink mit leichtem Witz auszuzahlen verstehe, sei er den Pegnitzschäfern eine Empfehlung wert gewesen. Zesen warf Dach vor, dem hergelaufenen Grobian bei den vertraulichen Lesungen das Wort erteilt zu haben. Dagegen sagte Moscherosch: Immerhin hätte der Saukerl ihnen Quartier gemacht. Und Hoffmannswaldau höhnte: Dieser erste, schon schlimme Betrug sei den meisten Versammelten zum Lachen gewesen. Wieder sprach aus Gryphius kleiner Triumph: Was man eigentlich wolle! In Sünde wälze sich jeder. Auf allen laste Schuld. Wie sie in Trübsal versammelt seien, gleich welchen Standes: erst der Tod werde sie alle glattmachen vor Gott.
Diesen allgemeinen Schuldspruch, der unter der Hand einem Freispruch ähnelte, wollte Dach nicht zulassen: Hier gehe es nicht um die übliche Verworfenheit. Nicht der einzelne Übeltäter werde gesucht. Hier gelte es, nach der Verantwortung zu fragen. Die müsse er zuerst bei sich suchen. Vor allen anderen treffe ihn Schuld. In Königsberg jedenfalls könne er ihre Schande, die mit Vorrang seine Schande sei, nicht wie eine Anekdote ausplaudern. Doch was man tun solle, wisse auch er nicht. Der leider abgereiste Schütz habe recht: Man müsse die Sache zu Ende bringen. Einfach davonlaufen gehe nicht an.
Als Harsdörffer alle Verantwortung auf sich nahm und sei-

nen Verzicht auf weitere Anwesenheit anbot, wollte das niemand. Buchner sagte: Er habe seine Vorwürfe aus erstem Ärger loswerden wollen. Wenn Harsdörffer gehe, gehe auch er.
Könne man nicht, schlug der Kaufmann Schlegel vor, eine Art Ehrengericht, wie in den hansischen Städten üblich, hier sogleich abhalten und den Frevel des Gelnhausen in dessen Gegenwart verhandeln? Weil anderen Standes als die Poeten, nehme er auf sich, Richter zu sein.
Ja! Ein Gericht! wurde gerufen. Man dürfe nicht zulassen, daß der Kerl bei weiteren Lesungen dabei sei und frech dazwischenrede, rief Zesen. Nach Rists Protest, wenn morgen endlich der Friedensaufruf der Poeten verabschiedet werde, könne man diesen Beschluß nicht in Gegenwart eines Landstörtzers fassen, sagte Buchner: Außerdem sei der Halunke, soviel er hier und dort aufgeschnappt haben möge, durch und durch ungebildet.
Es sah so aus, als wollten sich alle für das Ehrengericht entscheiden. Als Logau fragte, ob das schon feststehende Urteil jetzt sogleich oder erst später ausgesprochen werden solle und wer denn bereit sei, den Stoffel bei seinen Musketieren aufzusuchen und vorzuladen, meldete sich niemand. Weil Lauremberg rief: Das könne Greflinger tun, der trage sich doch am liebsten gepludert und als Soldat! fiel auf, daß Greflinger fehlte.
Sofort hieß Schneubers Verdacht: Der stecke bestimmt mit Gelnhausen unter einer Decke. Doch als Zesen es noch genauer wissen wollte – Gewiß plane man weitere Anschläge „Wider di teutschen Tichter" –, sagte Dach: Er habe für üble Nachrede noch nie ein Ohr gehabt. Er werde gehen. Einzig ihm falle es zu, Gelnhausen vorzuladen.
Das wollten Albert und Gerhardt nicht zulassen. Überhaupt sei es gefährlich, die betrunkenen Kaiserlichen zu dieser Stunde zu reizen, sagte Weckherlin. Auch Moscheroschs Rat, die Wirtin zu rufen, wurde nach üblichem Hin und Her als unwürdig verworfen. Auf Rists Ruf: Man solle den Kerl in Abwesenheit verurteilen! gab Hoffmannswaldau zurück: Ihn bitte gleich mit. Solche Verhandlung sei nicht nach seinem Geschmack.
Wieder fanden sich alle ratlos. Sie schwiegen um den langen Tisch. Nur Gryphius wollte Spaß an dem neuaufwallen-

den Jammer finden: Gegen das Leben helfe einzig der Tod.
Schließlich beendete Dach den Verfahrensstreit: Er werde am nächsten Morgen, noch vor Beginn der letzten Lesungen, den Regimentssekretär zur Rede stellen. Dann bat er uns alle, gottbefohlen, Nachtruhe zu halten.

17

Greflinger – um es gleich zu sagen – war fischen gegangen. Vom Wehr der Walkmühle hatte er ein Netz in die äußere Ems geworfen und Angeln ausgelegt; doch tiefgelagerten, kaum traumbewegten, durch nichts verstörten, gesegneten Schlaf fanden die beiden anderen Jungen. Die wiederholten Erschöpfungen während der Vornacht, als sie mit Greflinger, vom Vollmond bewegt, bei den Mägden gelegen waren, hatten sie bettschwer genug gemacht, um aus der allgemein elenden Stimmung ins Dachbodenstroh zu fallen. Vor Birken atmete Scheffler regelmäßig, während die drei Mägde, nachdem das letzte Spießbratenfeuer runtergebrannt war, keine Ruhe fanden, sondern, wie die Stadtdirnen, den wachfreien Musketieren und Reitern zufielen. Man hörte den Nachtbetrieb vom Stall über den Hof bis durch die Fenster in der Stirnseite des Gasthauses. Vielleicht um dem Gekreisch gleichlaut zu widerstehen, hielten sich Verleger und Autoren in mehreren Kammern mit literarischen Streitgesprächen wach.
Paul Gerhardt kam zu Schlaf, indem er lange vergeblich, dann mit Erfolg wider die weithin tönende Fleischeslust anbetete. Ähnlich erfahren im Umgang mit sündigem Lärm führten Dach und Albert ihre Müdigkeit ins Ziel: in ihrer Kammer, der von Schütz nichts geblieben war, lasen sie einander aus der Bibel vor: aus dem Buch Hiob natürlich...
Aber die Unruhe blieb. Das Suchen nach etwas und nichts. Mag sein, daß es wieder der volle Mond war, der immer noch wirkte. Bewegung ins Haus brachte und uns rastlos bleiben ließ. Kaum weniger feist stand er über dem Emshagen. Ich hätte ihn anbellen, hätte heulen mögen mit den Hunden des Brückenhofes. Doch mit den Herren trug ich den Streit samt Thesen und Gegenthesen durch Gänge und

über Treppen. Wieder hatte es – wie schon seit Jahren eingeübt – zwischen Rist und Zesen begonnen: das Gezänk zweier Sprachreiniger. Es ging um Schreibweise, Klangfarbe, Verteutschung, um Neuwörter. Bald hatte man sich theologisch verstrickt. Denn fromm waren sie alle. Jede protestantische Besserwisserei wurde verfochten. Nur Logau, in dem (uneingestanden) ein Freigeist steckte, verletzte mit seiner anrüchigen Ironie Lutheraner und Calvinisten: Wenn man der altdeutschen und neuevangelischen Scholastik ein Weilchen zugehört hätte, möchte man flugs papistisch werden, rief er. Gut, daß Paul Gerhardt schon schlief. Und noch besser, daß der alte Weckherlin die Herren an ihr verschobenes Vorhaben, den politischen Friedensaufruf der deutschen Poeten, erinnerte.
In dem endgültigen Skript müsse die wirtschaftliche Lage der Druckereien beklagt werden, riefen die Verleger – und die der Autoren, forderte Schneuber. Man solle endlich zulassen, daß auch für den einfachen Stadtbürger und nicht nur für die höheren Stände Hochzeits-, Tauf- und Leichengedichte geschrieben werden dürften. Moscherosch sagte: Diese Gerechtigkeit für jeden Christenmenschen gehöre zum Frieden. Er wollte sogar eine Honorarordnung, gestaffelt nach Stand und Vermögen, für Auftragspoeme in das Manifest einbringen: Damit nicht nur dem Adel und den patrizischen Herren eine gereimte Abdankung zukomme, sondern dem armen Manne auch.
Also setzten sich Moscherosch, Rist und Harsdörffer in Hoffmannswaldaus und Gryphius' Kammer an einen Tisch, während die anderen, nicht ohne weitere Ratschläge zu hinterlassen, ihre Betten suchten. Zögernd kam Ruhe in das Haus voller unruhiger Gäste. Neben den vier Verfassern schlief, ungestüm, als ringe er mit dem Engel, der Glogauer; eigentlich hätte man Gryph zu den Autoren des Manifestes zählen müssen: sein im Schlaf noch wortmächtiger Kampf warf dem Manuskript Schatten.
Als sich die Redaktion zwar nicht mit dem neugefaßten Text, doch mit ihrem Aufwand an Mühe zufriedengab und jeder für sich (mit mehrmals verworfenen Phrasen im Kopf) ins Bett fiel, blieb einzig Harsdörffer schlaflos und litt, dem tief atmenden Endter gegenüber, nicht nur unter dem Mond im Kammerfenster. Immer wieder faßte er einen Ent-

schluß und verwarf ihn. Er wollte Schafe zählen und zählte die goldenen Knöpfe an Gelnhausens Wams. Er wollte aus dem Bett und blieb liegen. Er drängte raus, über Gänge, Stiegen, den Hof und hatte die Kraft nicht, sein Federbett abzuwerfen. Es zog und hielt ihn. Er wollte zu Gelnhausen, wußte aber nicht, was genau er von Gelnhausen wollte. Mal war es Wut auf den Kerl, dann wieder ein brüderliches Gefühl für den Stoffel, das ihn aus dem Bett ziehen, über den Hof leiten wollte. Endlich hoffte Harsdörffer, daß Gelnhausen zu ihm kommen, damit sie gemeinsam weinen könnten: über ihr elendes Los, über das rollende Glück, über den Trug unterm Glanz, über den Jammer der Welt...

Aber Gelnhausen weinte sich bei der Wirtin Libuschka aus. Sie, die Alte, ihm immer Junge, sein bodenlos Faß und Kübel, sich auszuschütten, sie, seine Amme, sein Lotterbett, der saugende Egel hielt ihn und hörte sich satt: Wieder mal sei ihm alles daneben gegangen. Nichts gerate ihm. Immer stelle er sich ein Bein. Dabei habe er nur in Coesfeld, wo er die Nonnen des Klosters Marienbrink bis unter die Kutten kenne, einen kleinen Handel machen und nicht, wie landesüblich, fouragieren wollen. Einer der elf Teufel müsse ihm den Schwed vor die Musketen geschickt haben. Nie wieder wolle er sich auf Kriegsgeschäfte einlassen. Endgültig abmustern werde er beim Mars und nur noch friedlich kleinen Gewinn eintreiben. Etwa als Gastwirt. Wie ja auch sie, die unruhige Courage, als Wirtin Libuschka seßhaft geworden. Er wissen schon, wo es lohne, sich einzukaufen. Nahbei Offenburg. „Zum silbernen Stern" heiße die Schaffnei. Was die Courage könne, das werde auch ihm von der Hand gehen. Nur Zutrauen brauche es. So habe ihm grad vorhin noch der große Schütz, wo er doch streng hätte sein müssen, väterlich angeraten, häusig zu werden. Es hätte der weitberühmte Mann ihm, dem Stoffel, als er grad auf die Knie gehen und um Gnade bitten wollte, mit lieblichen Worten aus seiner Jugend in Weißenfels am Fluß Saale Bericht gegeben: Wie tüchtig dort sein Vater den breitgelagerten Gasthof „Zum Schützen" besorgt habe. Und daß unterm Erker des Wirtshauses, in Stein gehauen, ein Esel zu sehen gewesen sei, der auf der Sackpfeife blase. Grad solch ein Esel stecke in ihm, dem Stoffel, habe der Schütz gelacht und ihn Simpel genannt. Worauf er den würdigen Herrn gefragt habe, ob er dem sackpfeifenden Esel und Simpel das Führen einer breitgelagerten Wirtschaft zutraue? Mehr als das! sei des gütigen Herrn Antwort gewesen.

Weil aber die Wirtin Libuschka aus dem böhmischen Bragoditz, welche (mal zärtlich, mal wegwerfend) Courage zu nennen der Stoffel nicht müde wurde, kein Zutrauen in dessen Wirtschaftsführung hatte, vielmehr nur Spott abließ – es habe der Maestro Sagittario mit seinem „Mehr als das!" gewiß wachsende Zinslast, aufgestockte Schulden, den Schuldturm gemeint – und schließlich urteilte: Zum Wirt, der Gewinn mache, fehle ihm, außer dem seßhaften Polster, die feine Tugend, zwischen Zechprellern und treuer Kundschaft zu unterscheiden, wurde Gelnhausen, der bis dahin stumm geblieben war, rasend vor Wut.

Alte Schell! Rabenaas! Vettel! Jauchenloch! nannte er sie. Er schimpfte sie eine Strahlhex, die nur und immer als Hur ihre Preise gemacht habe. Seitdem sie im Böhmerwald unter die Mansfeldschen Reiter geraten sei, stehe die Courage für jedermann offen. Ganze Regimenter hätten da ihren Durchritt gehabt. Man müsse nur an ihrer welschen Grindsalbe kratzen, dann komme die Hurenlarv raus. Sie, die taube Distel, der kein Kindlein habe geraten wollen, hätte ihm einen Balg unterschieben wollen. Doch das sei sicher: Er werde ihr heimzahlen, Wort für Wort. Sobald er sich aus dem Kriegsdienst gelöst und ihm sein künftiges Wirtshaus Gewinn gebracht habe, wolle er sich Federkiele extra zuschneiden. Jadoch! Feingesponnen und grobgewirkt werde er sein Skript anreichern und darin kenntlich machen, was ihm an Leben widerfahren sei. Neben Spaß und Schrecken auch der Courage käufliche Leibesherrlichkeit. Er kenne ja ihre krause Geschichte seit dem Geflüster im Sauerbrunnen: wie sie ihre Abstriche mache und ihr Diebsgeld verloche. Und was die Courage ihm damals verschwiegen hätte, habe ihm, dem alles vermerkenden Stoffel, sein Kumpan Springinsfeld bis ins kleinste Geheimnis gepfiffen: wie sie vor Mantua ihren Handel getrieben, welcher Zauber im Fläschchen gewesen, wie viele Braunschweiger über sie weg... Alles, alles! An die dreißig Jahr Hurerei und Diebswesen werde er zu Papier bringen, damit es bleibe – und zwar nach allen Regeln der Kunst!

Das fand die Wirtin Libuschka lustig. Allein die Vorstellung schüttelte sie. Aus dem Bett trieb ihr Lachen den Gelnhausen, dann sie: Er, der Stoffel und simple Regimentsschreiber, wolle es den gelehrten Herren, die in ihrem Haus namentlich versammelt seien, in ihrer Kunst gleichtun? Er, dem das Mundwerk vor Närrischsein übergehe, maße sich an, mit dem Wortgestüm des Herrn Gryphius, mit der beredten Weisheit des Johann Rist Schritt zu halten? Ja, mit dem kühnen und reichverzierten Witz der Herrn Harsdörffer und Moscherosch wolle er wetteifern? Er, den kein Magister das Satzstellen und Versfüßezählen gelehrt habe, wage es, sich an der Silbenkunst und mit dem scharfsinnigen Logau zu messen? Ihm, der nicht wisse, was er grad glaube, falle es ein, des Herrn Gerhardt fromme Lieder zu übertönen? Er, der als Troßbube und Stallknecht, später als gemeiner Soldat und seit kurzem erst als Kanzleiskribent seine Laufbahn gemacht und dabei nur das mörderische Fouragieren, Leichenfleddern und Beutelschneiden, zum Schluß grad noch leidlich das Protokollschreiben gelernt habe, wolle fortan mit Klinggedichten und geistlichem Lied ergreifen, mit sinnreichen erheiternden Satiren, mit Oden und Elegien brillieren, womöglich gar mit tiefgründenden Traktaten andere belehren? Er, der Stoffel, der Simpel, wolle zum Dichter werden?
Die Wirtin lachte nicht lange. Mitten im Satz holte sie der Widerspruch ein. Grad höhnte sie noch, das wünsche sie, gedruckt und paginiert zu sehen, was solch ein Stoffel über sie, die Libuschka aus böhmisch-adligem Geschlecht, wie Fliegenschiß aufs Papier bringe, da schlug Gelnhausen zu. Mit der Faust. Die traf ihr linkes Auge. Sie fiel, kam wieder hoch, torkelte in ihrer als Warenlager vollgestellten Kammer, stolperte über Sättel, Stulpstiefel, tastete und fand einen hölzernen Stössel, wie er zum Erbsmehlstampfen benutzt wurde. Sie suchte mit einem Auge, denn das andere hatte der Faustschlag geschlossen, den Madenscheißer, Susannenkerl, den Fuchsbart, die Blatternfratz – doch fand sie nur Plunder und schlug, bis sie jämmerlich wurde, ins Leere.
Gelnhausen war schon draußen. Über den mondhellen Hof, durchs Holundergebüsch lief er zur äußeren Ems hin, wo er weinend den weinenden Harsdörffer traf. Den hatte es am

Ende doch noch, vor Unglück schlaflos, aus dem Bett getrieben. Seitab, auf dem Walkmühlenwehr, hätte man Greflinger fischen sehen können; doch Harsdörffer sah nicht, auch neben ihm Gelnhausen war ohne Blick.
Über der steilen Uferböschung saßen die beiden bis in den Morgen. Sie sagten sich nicht viel. Selbst ihr Elend mußte nicht ausgetauscht werden. Keine Vorwürfe, kein Reuewort. Wie schön hatte sich der Fluß in ihr Jammertal gebettet. Ihrem Trübsinn gab eine Nachtigall Antwort. Vielleicht riet der erfahrene Harsdörffer dem Stoffel, wie man als Dichter sich einen Namen mache. Vielleicht wollte der Stoffel schon damals wissen, ob er den hispanischen Erzählern nacheifern solle. Vielleicht setzte die Nacht am Emsufer dem zukünftigen Dichter jene erste Verszeile „Komm, Trost der Nacht, o Nachtigall...", die später das Lied des Einsiedlers im Spessart eröffnen sollte. Vielleicht warnte Harsdörffer so früh schon den jungen Kollegen vor Raubdrucken und Verlegergeiz. Und vielleicht schliefen die Freunde endlich nebeneinander.
Erst als Stimmen und Türenschlagen vom Brückenhof her den Tag ansagten, schreckten sie auf. Wo sich die Ems teilte, um mit dem einen Arm vor der Stadtmauer, mit dem anderen gegen das tecklenburgische Land den Emshagen zu umfassen, schaukelten Haubentaucher. Zur Walkmühle hin sah ich, daß Greflinger das Netz, die Angeln eingeholt hatte.
Gegen die Sonne hinter den Birken des drüben liegenden Ufers sagte Harsdörffer: Es werde die Versammlung womöglich ein Urteil sprechen. Gelnhausen sagte: Das kenne er schon.

18

So oftbenutzt die drei Mägde auftrugen, aus so jämmerlich verquollenem Gesicht die Wirtin Libuschka (wie einäugig) dreinschaute, die Morgensuppe war dennoch kräftig. Es mochte auch niemand mäkeln, weil der schmackhafte Sud merklich jenem Gänseklein, jenen Ferkelnieren, jenem (später bekränzt servierten) Hammelkopf abgekocht war, die vom gestrigen Spießbratenfest stammten. Geschwächt,

wie die Herren aus ihren Kammern geschlichen kamen, war ihr Bedürfnis nach brühwarmer Kräftigung größer als ihr nicht geringer seelischer Katzenjammer, der aber erst zu Wort kam, als alle, von Albert und Dach bis zu Weckherlin und Zesen ihre Suppe gelöffelt hatten.
Zunächst – und während sich noch Birken und andere über ihren Nachschlag beugten – kamen neue Mißlichkeiten zur Sprache: Weckherlin war bestohlen worden. Aus seiner Kammer war ein Lederbeutelchen voller Silberschillinge verschwunden. Obgleich der Alte von Laurembergs schneller Verdächtigung, das sei bestimmt Greflinger gewesen, nichts wissen wollte, wurde der Verdacht, es habe der Vagant nach dem Geldbeutel gegriffen, durch Schneubers Behauptung verstärkt: Ihm sei der Verdächtige beim Würfelspiel mit den Musketieren aufgefallen. Außerdem belastete die unübersehbare Tatsache, daß Greflinger immer noch fehlte; er lag im Ufergebüsch neben den toten oder noch zuckenden Fischen und schlief sich die Mühsal des nächtlichen Fischfanges weg.
Nachdem Dach, merklich angestrengt von den nachwachsenden Widrigkeiten, rasche Aufklärung des Verlustes versprochen und sich sogar für Greflinger verbürgt hatte, stieß neu das Elend von gestern auf: Wohin mit dem Grauen? Gebe es noch Sinn, weiterhin, wie von nichts betrübt, aus Manuskripten zu lesen? Seien die versammelten Poeten noch befugt, trotz der schrecklichen Offenbarungen – unter ihnen womöglich ein Dieb! – sich als ehrenwerte Gesellschaft zu begreifen oder gar mit sittlichem Ernst einen Friedensaufruf zu verfertigen?
Birken fragte: Habe man sich nicht, den gestrigen Räuberfraß schlingend, in Mitschuld verstrickt? So viel Bestialität passe in keine Satire, jammerte Lauremberg. Als wirke noch immer der Meßwein in ihm, kam es in Wortschüben aus Gryphius' mächtiger Körperlichkeit. Und Weckherlin beteuerte: Selbst das gefräßige London, einem wahren Moloch, käme nach solcher Völlerei das Speien an. Worauf sich Zesen, Rist und Gerhardt in weiteren Schuld-, Buß- und Reuebildern ergingen.
(Was nicht laut wurde, war das dem Weltekel unterstellte persönliche Leid: Gerhardts Sorge etwa, er werde wohl nie mit einer Pfarrei bedacht werden; und Moscheroschs in-

ständige Angst, selbst Freunde könnten ihm nicht mehr die maurische Abkunft glauben wollen und ihn laut, nur des Namens wegen, als Juden schmähen, mit Worten steinigen; oder Weckherlins allem Spaß unterlegte Trauer um seine kürzlich gestorbene Frau. Auch fürchtete der Alte die Heimkehr und Einsamkeit in Gardiners' Lane, wo er, fremd geblieben, seit Jahren hauste. Bald würde er pensioniert werden. Milton, ein anderer Dichter, sollte als Cromwells Parteigänger sein Nachfolger werden. Und weitere Ängste…)

Und doch mußte – bei aller Anfechtung – Simon Dach über Nacht Kraft geschöpft haben. Er erhob sich zu straffer Mittelgröße und sagte: Es finde ein jeder noch lebenslang Zeit, seiner hierorts angereicherten Sünden zu gedenken. Für weitere Lamenti sei, nachdem allen die Morgensuppe geschmeckt habe, kein Platz. Da er den Gelnhausen nicht am Tisch sehe und kaum zu erwarten sei, daß ihm seine Zerknirschung erlaube, den Lesungen beizusitzen, bestehe kein Grund, ihn zu verurteilen, zumal ein solches Gericht selbstherrlich und nach Art der Pharisäer wäre. Da ihm Freund Rist, nicht nur als Poet, mehr noch als Pfarrer sicherlich zustimme und ihm aus Gerhardts Schweigen kenntlich werde, daß selbst ein so frommer wie strenger Christ ein Einsehen habe, wolle er nun – wenn endlich Lauremberg das Geschwätz mit den Mägden aufgebe – den Verlauf des Tages bekanntmachen und das fortgesetzte Treffen abermals Gottes unerschöpflicher Güte empfehlen.

Nachdem er seinen Albert beiseite genommen und gebeten hatte, nach dem immer noch ärgerlich abwesenden Greflinger zu suchen, sagte Dach an, wer letztlich zur Lesung bereit sei: Czepko, Hoffmannswaldau, Weckherlin, Schneuber. Als er durch Zuruf aufgefordert wurde, nun endlich, allen zur Freude, seine Klage über die verlorene Kürbishütte vorzutragen, wollte sich Dach, mit dem Hinweis auf Zeitmangel, dem Wunsch der Poeten entziehen. Weil aber Schneuber (von Moscherosch dazu angestoßen) auf seinen Beitrag verzichtete, stand die Lesung dieses Gedichtes als Schlußstück fest; denn die von Rist und anderen geforderte Verabschiedung des Friedensaufrufes als politisches Manifest – es lagen zwei neue Fassungen vor – wollte Dach außerhalb der poetischen Veranstaltung behandelt sehen. Er sagte: „Derowegen wollen wir den Kriegs- vnd Friedenshändel nicht einbrechen lassen in vnseren Musenhain, umbdessen Pflag wir fürderhin besorgt seyn müssen. Sonder Achtung der Zäun könnt ein Frost vnsere schattige Kürbsranke beißen, daß sie dorret, wie schon, nach der Schrift, Jonas geschah."

Diese Fürsorge wurde geteilt. Zwischen der letzten Lesung und dem (wie man forderte) schlichten Mittagsmahl sollte der Friedensaufruf besprochen und namentlich verabschiedet werden. Nach dem Essen – die Wirtin versprach, ehrlich, das sollte heißen, karg zu tischen – wollten die versammelten Poeten jeder in seine Richtung aufbrechen.

Endlich kam Plan in das Chaos. Weil Simon Dach seinen Namen so schutzreich auszulegen verstand, waren wir wieder guten Mutes und grüppchenweise witzig. Schon kam kleiner Übermut auf – es wollte der junge Birken zum Abschluß den guten Dach bekränzen –, da brach Laurembergs Zuruf, an welchem Bettpfosten sich die Wirtin ihr Auge gebläut hätte, das Elend vom Vortag abermals auf.

Nach allzu langem Stau sprach die Libuschka: Kein Bettpfosten, des Gelnhausens trefflicher Mannesmut habe ihr das gefügt. Die Herren hätte wohl immer noch nicht begriffen, wie übel ihnen der Bauernlümmel mitgespielt habe. Was dem aus dem Maul spaziere, sei alles Lüge und Lügengespinst, sogar sein Geständnis, das er dem Sagittario abgelegt habe. Nicht dem Schwed hätten des Gelnhausen Reiter und Musketiere die Fourage abgejagt, sondern höchst eigenhändig, dabei mörderisch wie gelernt, habe der ach so witzig parlierende Landstörtzer seinem Ruf Ehre gemacht. Von Soest bis Vechta fürchte man den Grünwams. Dem bitte keine Jungfrau Schonung ab. Dessen Methode bringe selbst Stumme zum Reden. Das Kirchensilber, übrigens, die Altartücher und der Meßwein seien dem Coesfelder Hurenkloster abgegaunert gewesen. Trotz hessischer Besatzung finde ein Wiesel wie Gelnhausen überall durch. Dessen Partei sei zwischen den Lagern. Der schwöre nur auf die eigene Fahne. Und wenn der Herr Harsdörffer immer noch glaube, es hätte der päpstliche Nuntius persönlich das Büchlein mit den spielerischen Frauenzimmergesprächen dem Stoffel auf den Weg gegeben, damit der Autor es dediziere, dann müsse sie ihm den eitlen Zacken brechen: bestochen vom

Gelnhausen habe ein Diener der Nuntiatur das Exemplar aus der Bibliothek des Kardinals gestohlen. Nicht mal aufgeschnitten sei es gewesen. So fein spinne der Gelnhausen sein Lügengarn. So haltbar leime der Kerl seit Jahren die fürnehmsten Herren. Sie wisse es leidvoll: kein Teufel könne ihm gleich!

Nur mit Mühe gelang es Dach, die allgemeine, seine eigene Betroffenheit ein wenig zu lockern. Harsdörffer hing durch. Zorn verdüsterte den sonst gleichmütigen Czepko. Hätte nicht Logau abwiegelnd bemerkt, daß sich gleich und gleich, wie Teufel und Köhler, gern geselle, wäre abermals ein längerer Disput zu befürchten gewesen. Dankbar klatschte Dach in die Hände: Genug jetzt! Er werde den Anwürfen nachgehen. Auf eine Lüge passe sich leicht die nächste. Er wünsche, daß sich jedermann dem neuerlichen Lärm verschließe. Ab jetzt werde man nur noch der eigenen Sache das Ohr leihen, sonst komme ihnen die Kunst abhanden.

Deshalb wollte Dach zuerst ärgerlich werden, als sein Albert plötzlich Greflinger in die Kleine Wirtsstube führte. Schon begann er den langsträhnigen Burschen mit Vorwürfen einzudecken – Was er sich denke! Wo er gesteckt habe? Ob etwa er an Weckherlins Geldsack zum Dieb geworden sei? –, da sah er mit allen, was Greflinger in zwei Kübeln gebracht hatte: Barben, Plötzen und weitere Fische. Mit dem Netz und den Angelschnüren behängt – die habe er am Vortag bei der Witwe des Telgter Stadtfischers geliehen –, stand der junge Mann wie gemalt zwischen ihnen: Er habe die ganze Nacht gefischt. Selbst die Donau führe nicht bessere Barben. Rösch gebraten werde sogar der grätige Plötz schmecken. Das alles könne man mittags tischen. Und wer ihn jetzt noch einen Dieb heiße, dem werde er gutdeutsch kommen.

Danach wollte niemand Greflingers Fäuste herausfordern. Man freute sich auf den ehrlichen Fisch. Hinter Dach zogen sie alle in die Große Diele, wo ihr Sinnbild, die Distel, neben dem leeren Schemel stand.

19

Keiner zögerte. Alle und nun auch Gerhardt standen für den notfalls ertrotzten Fortgang ihrer literarischen Sache. Der Krieg hatte sie gelehrt, mit Widrigkeiten zu leben. Nicht nur Dach, niemand wollte sich aus dem Konzept bringen lassen: Zesen und Rist nicht, sosehr sie als sprachreinigende Puristen zerstritten waren; die Bürgerlichen und die vom Adel nicht, zumal sich unter Dachs Vorsitz die ständische Ordnung selbsttätig um ihr starres Gefüge gebracht hatte; keiner wollte das Treffen auffliegen lassen: nicht der unbekannte Scheffler, nicht der streunende, immer wieder jedem Verdacht ausgesetzte Greflinger, selbst Schneuber nicht, der im Auftrag des nicht eingeladenen Magisters Rompler den Ansatz für Intrigen suchte; schon gar nicht die Älteren, Buchner und Weckherlin, denen ihr Leben lang einzig die Poesie wichtig gewesen war; und auch Gryphius blieb bei der Sache, so leicht es ihm fiel, alles Entstehende im noch unfertigen Zustand als nichtiges Scheinwerk zu verwerfen. Niemand wollte aufstecken, nur weil wieder einmal die Realität Einspruch erhoben und mit Unflat nach der Kunst geworfen hatte.
Deshalb blieben alle ruhig auf ihren Stühlen, Schemeln und Fässern im Halbkreis versammelt, als Gelnhausen – kaum hatte sich Czepko zwischen die Distel und Simon Dach zur Lesung gesetzt – vom Garten her durch ein offenes Fenster in die Große Wirtsdiele stieg. Mit seinem fuchsigen Bart blieb er auf der Fensterbank hocken und hatte nichts als den Sommer hinter sich. Weil keine Unruhe die Versammlung bewegte, eher ein aus Entschlossenheit rührender Krampf die Herren festigte, glaubte Dach, das Zeichen für Czepko geben zu dürfen; der Schlesier wollte Gedichte lesen. Schon holte er Atem.
Da sagte – noch vor dem ersten Vers – Gelnhausen mit einer Stimme, die bescheiden vorklang, doch mit Spott unterlegt war: Er freue sich, daß die hoch- und weitberühmten Herren, welche unter Apollos Schirm so gegenwärtig wie ewig versammelt seien, ihn, den vom Spessart entlaufenen Bauernlümmel, trotz des gestrigen, vom Herrn Schütz streng gerügten, dann aber christlich verziehenen Schwindels wieder aufgenommen hätten in ihrer Runde, damit er,

der simple Stoffel, sich weiterbilden könne, bis daß auch er, dem alles Gelesene wirr überhauf liege, eine Ordnung zu machen verstehe. So belehrt, wolle er in die Kunst, wie grad durchs Fenster, den Einstieg finden und – falls die Musen geneigt – zum Dichter werden.

Nun erst brach der gestaute Ärger auf. Hätte er stillgesessen – nun gut. Wäre er ihnen mit leisem Dabeisein behilflich gewesen, Großmut zu zeigen – noch besser. Aber die Anmaßung, ihnen gleichsein zu wollen, war den weitgereisten Herren der fruchtbringenden, aufrichtigen, pegnesischen und deutschsinnigen Gesellschaft zuviel. Mit Ausrufen wie: Mordbube! Lügenbeutel! machten sie sich Luft. Rist schrie: „Pfäffischer Agent!“ Jemand (Gerhardt?) verstieg sich in den Ruf: „Weiche, Satan!“

Sie sprangen auf, schüttelten Fäuste und wären wohl, Lauremberg voran, handgreiflich geworden, hätte nicht Dach die Situation begriffen und Harsdörffers Zeichen aufgenommen. Mit seiner selbst in ernster Lage leichthin plaudernden Stimme, die immer sagen wollte: Ist ja gut, Kinder. Nehmt euch nur halb so ernst ... schaffte er Ruhe und bat dann „Den Spielenden“, sich zu erklären.

Harsdörffer fragte Gelnhausen, den er als Freund ansprach, eher leise: Ob er sich zu den Freveln bekenne, die ihm die Wirtin Libuschka zusätzlich angelastet habe. Er zählte alle Beschuldigungen auf, zum Schluß den ihn besonders kränkenden Schwindel mit dem gestohlenen Exemplar seiner Frauenzimmergesprächsspiele aus der Bibliothek des päpstlichen Nuntius.

Jetzt vorherrschend selbstbewußt sagte Gelnhausen: Er wolle sich nicht mehr verteidigen. Ja, ja und ja. Mit seinen Reitern und Musketieren habe er zeitgemäß gehandelt, wie die hier versammelten Herren gezwungen seien, zeitgemäß zu handeln, indem sie mit ihren Huldigungspoemen Fürsten zu loben hätten, denen die Mordbrennerei geläufig wie das tägliche Ave sei, deren größerer Raub als sein Mundraub mit Pfaffensegen bedacht werde, denen Untreue praktisch wie ein Hemdwechsel sei, und deren Reue kein Vaterunserlang halte. Er hingegen, der beklagte Stoffel, bereue schon längst und werde noch lange bereuen, daß er solch lebensferner Gesellschaft zu Quartier verholfen, mit seinen Reitern und Musketieren vor gerotteten Landstörtzern ge-

schützt und obendrein, sich selbst befleckend, mit dreierlei Spießbraten, süffigem Wein, Stutenbrot und gewürztem Konfekt verköstigt habe. Das alles, wie man sehe, ohne Gewinn für sich, wohl aber aus Dankbarkeit für etliche ihm hier erteilte Lektionen. Jaja, es stimme, daß er die hochgelehrten Poeten habe erfreuen wollen mit seiner Mär von den gehäuften Grüßen der im Stift Münster versammelten fürstlichen, königlichen und kaiserlichen Gesandten. Desgleichen habe er Harsdörffer, der ihm bis dahin so freundlich gesonnen und den er liebe wie seinen Herzbruder, mit einer kleinen Phantasie zu beglücken versucht; was auch gelungen sei, denn der Nürnberger habe sich über den Widmungswunsch des päpstlichen Nuntius ohne Zieren gefreut. Was zähle da noch die Gewißheit, ob sich der Chigi wahrhaftig die Widmung gewünscht habe, ob er sie so hätte wünschen können oder sollen, oder ob all dies nur dem Kopf des hier verklagten Stoffel als schönes Bild entsprungen sei. Wenn es den Herren, weil ohne Macht, im Reich an Ansehen fehle – was stimme! –, müsse man das fehlende Ansehen glaubhaft in Szene setzen. Seit wann seien denn die Herren Poeten so trocken auf platte Wahrheit versessen? Was mache sie linker Hand stumpfsinnig, wenn sie doch mit der Rechten geübt seien, ihre Wahrheiten wohlgereimt bis ins Unglaubliche zu erdichten? Werde denn das dichterische Lügen erst dann zur Wahrheit geadelt, wenn der Verleger es drucken lasse? Oder anders gefragt: Sei etwa der in Münster nun schon ins vierte Jahr betriebene Land- und Menschenschacher tatsächlicher oder gar wahrhaftiger als der hierorts, vor Telgtes Emstor eröffnete Handel mit Versfüßen bei reichhaltigem Wort-, Klang- und Bildertausch?
Zuerst verschlossen, dann hier und dort mit unterdrücktem Gelächter, kopfschüttelnd, nachdenklich, kühl aufmerksam oder genießerisch wie Hoffmannswaldau, insgesamt betroffen hatte die Versammlung Gelnhausens Rede angehört. Dach zeigt vielfältigen Spaß angesichts der um ihn versammelten Verblüffung. Mit herausforderndem Blick traktierte er die schweigende Runde: Könne denn niemand diesen frechen Witz widerlegen?
Nachdem sich Buchner zuerst mit lateinischem Zitat bei Herodot und Plautus aufgehalten hatte, schloß er, nun auch den Stoffel zitierend, mit einem: Es ist so! Worauf Logau

bat, es genug sein zu lassen: Endlich wisse man, wer man sei. Solch genauen Spiegel hätten nur Narren parat.
Damit gab sich Greflinger nicht zufrieden: Nein! Kein Narr, das einfache Volk, welches dieser Runde nicht beisitze, habe Wahrheit gesprochen. Ihm sei der Stoffel verwandt. Auch ihn, den rumgetriebenen Bauernbub, habe zuerst das Leben gewürfelt, bevor er an Büchern hätte riechen dürfen. Wenn irgendwer den Stoffel rausschmeißen wolle, dann gehe auch er.
Schließlich sagte Harsdörffer: So genarrt, wisse er endlich, was über die Eitelkeit zu schreiben sei. Es möge der Bruder Gelnhausen bitte bleiben und ihn allen noch mehr widrige Wahrheiten trichtern.
Doch da stand der Stoffel schon wie zum Abschied im Fenster: Neinnein. Er müsse nun wieder dem Mars ins Geschirr. Das Münstersche Stift habe ihn mit Botschaft beladen, die er nach Kur-Köln und weiter tragen solle. Lauter teure Geheimnisse wie dieses: Neunhunderttausend Taler müsse das Stift, wenn Frieden werde, an Satisfaktion zahlen, damit die Hessen aus Coesfeld, der Schwed aus Vechta und die Oranier aus Bevergern abzögen. Dieser Krieg verspreche noch lange zu kosten. Er jedoch wolle sich mit dem kostenlosen Versprechen entheben: Der Stoffel komme wieder, bestimmt! Zwar möge Jahr nach Jahr gehen und noch ein Jahr, bis er sein Wissen aufgeputzt, sich in Harsdörffers Quellen gebadet, an Moscheroschs Handwerk geschult und etlichen Traktaten die Regeln abgeguckt habe, aber dann werde er da sein: höchst lebendig in viel bedrucktem Papier versteckt. Doch wolle niemand von ihm vertändelte Schäfereien, übliche Leichenabdankungen, verzwackte Figurenpoeme, zierliches Seelgewimmer oder Bravgereimtes für die Kirchengemeinde erwarten. Eher werde er den großen Sack aufmachen, den gefangenen Stunk freisetzen, des Kronos Parteigänger sein, den langen Krieg als Wortgemetzel neuerdings eröffnen, alsdann ein entsetzliches Gelächter auffliegen lassen und der Sprache den Freipaß geben, damit sie laufe, wie sie gewachsen sei: grob und leisgestimmt, heil und verletzt, hier angewelscht, dort maulhenckolisch, immer aber dem Leben und seinen Fässern abgezapft. Schreiben wolle er! Beim Jupiter, Merkur und Apoll!

Damit nahm sich Gelnhausen aus dem Fenster. Doch, schon im Garten, kam er noch einmal mit letzter Wahrheit. Aus seinem Hosensack zog er ein Beutelchen, ließ es zweimal in der Hand springen, machte so seinen silbrigen Inhalt bekannt. Er lachte kurz und sagte, bevor er den Beutel durchs Fenster in die Große Diele knapp vor die Distel warf: Eine kleine Fundsache sei noch zu deponieren. Einer der Herren habe sein Beutelchen im Bett der Courage vergessen. So lustvoll es bei der Wirtin des Brückenhofes zugehe, überzahlen solle niemand den kurzen Spaß.
Erst jetzt war er ganz und gar weg. Gelnhausen ließ die versammelten Poeten mit sich allein. Schon vermißten wir ihn. Von draußen her heiserten nur noch die Maulesel. Prall lag das Lederbeutelchen vor der Distel. Der alte Weckherlin stand auf, machte die paar Schritte mit Würde, nahm den Beutel und fand gelassen zu seinem Stuhl zurück. Niemand lachte. Noch war Gelnhausens Rede mächtig, die niemand abtun wollte. Schließlich sagte Dach ohne Übergang: Nachdem sich nun alles geklärt und gefunden habe, solle jetzt wieder fleißig gelesen werden, sonst laufe ihnen mit dem Stoffel der Morgen davon.

20

Auch mir tat es leid, Christoffel Gelnhausen mit seinen kaiserlichen Reitern und Musketieren abziehen zu sehen: er wieder im grünen Wams mit Federhut. Kein Goldknopf fehlte seiner Montur. Was alles geschehen war, nirgendwo hatte er Schaden genommen.
Auch deshalb konnte zwischen ihm und der Wirtin Libuschka kein Wort der Versöhnung fallen. Unbewegt sah sie aus der Wirtshaustür zu, wie seine kleine Partei sattelte, einen der in Oesede requirierten Planwagen bespannte und (unter Mitnahme des in Bronze gegossenen knäbleinhohen Apoll) den Brückenhof verließ: Gelnhausen voran.
Da ich seit damals mehr weiß, als die Libuschka, grau vor Haß, in der Wirtshaustür ahnen konnte, will ich für den Stoffel sprechen. Seine „Courasche", annähernd ein Vierteljahrhundert nach seinem stummen Abschied von der Wirtin des Brückenhofes unter langem Titel – „Trutz Simplex:

Oder Ausführliche und wunderseltzame Lebensbeschreibung Der Ertzbetrügerin und Landstörtzerin Courasche…" –, dabei verborgen hinter dem Namen Philarchus Grossus von Trommenheim, in Nürnberg gedruckt und von seinem Verleger Felßecker vertrieben, ist die späte Einlösung einstiger Racheschwüre. Weil der Autor des zwei Jahre zuvor gedruckten „Simplicissimus" seiner „Courasche" erlaubt, selber zu reden und mit sich abzurechnen, ist sein Buch zum papierenen Denkmal einer unsteten und zählebigen, kinderlosen, doch erfindungsreichen, hinfälligen und streitbaren, in Röcken mannstollen, in Hosen männischen, ihre Schönheit vernutzenden, erbärmlichen und liebenswerten Frau geraten, zumal der Urheber aller weiteren Simpliciaden, der sich gelegentlich Hans Jacob Christoffel von Grimmelshausen nannte, seiner „Courasche" Papier ließ, auch ihm, dem Simplex, kräftig auszuteilen; denn was Gelnhausen und die Libuschka wie Milch und Essig zusammenrührte, war zu starke Liebe: der Haß.
Erst als das Kommando des kaiserlichen Regimentssekretärs schon über die äußere Emsbrücke unterwegs nach Warendorf (weiter nach Köln) und aus der Sicht der Wirtin war, versuchte ihre rechte Hand so etwas wie ein Winken, Nachwinken. Und auch ich hätte dem Stoffel nachwinken mögen, doch war es mir wichtiger, in der Großen Wirtsdiele, wo bedeutend die Distel stand, den letzten Lesungen der versammelten Poeten beizusitzen. Weil von Anfang an dabei, wollte ich auch den Schluß bezeugen. Nur nichts versäumen!
Dort hatte man alle Unterbrechungen hinter sich. Daniel von Czepko, ein schlesischer Jurist und Rat der Herzöge von Brieg, dem seit seiner Straßburger Studentenzeit jene Gott und Menschen verschmelzende Mystik, die der Schuster Böhme entfacht hatte, ein mit Gleichmut verdecktes Flackern eingab, dieser verschlossene, kaum beachtete Mann, dessen Freund gerne ich gewesen wäre, las mehrere Sinngedichte, deren Form (paarweis laufende Alexandriner) auch Gryphius und Logau lag. Ähnlich hatte sich, vorerst noch roh und nicht bis zur letzten Klarheit der Widersprüche, der junge Scheffler versucht. Vielleicht weil der Breslauer Medizinstudent bei der anschließenden Kritik (wenn auch nur staunend) Czepkos „Anfang im Ende und

Ende im Anfang" zu begreifen schien und weil am Vortag (neben Schütz) einzig Czepko aus des vortragenden Studenten Wirrnis den umfassenden Sinn gehört hatte, begann zwischen den beiden eine Freundschaft zu wirken, die selbst dann möglich blieb, als Scheffler katholisch zum Angelus Silesius wurde und seinen „Cherubinischen Wandersmann" in Druck gab, während Czepkos Hauptwerk, die gesammelten Epigramme, keinen Verleger fanden – oder der Autor hielt sie zurück.

Und entsprechend der später ausbleibenden Wirkung nahmen nur wenige der versammelten Poeten von Czepkos Zweizeilern Notiz. Für so viel Stille fehlte es an Gehör. Einzig ein politisch anspielendes Gedicht, das Czepko als Fragment bezeichnete – „Wo Freyheit ist und Recht, da ist das Vaterland, Diß ist uns aber nun und wir ihm unbekannt..." –, fand breitere Zustimmung. Nach Moscherosch und Rist war es wieder einmal der kleinwüchsige Magister Buchner, der sich straffte, um dann aus den wenigen Zeilen eine wüste und gleichwohl nach Harmonie hungernde Welt zu deuten, wobei er Augustinus, Erasmus und immer wieder sich selbst zitierte. Am Ende fand die Rede des Magisters mehr Beifall als Czepkos am Rande gepriesenes Gedicht. (Als schon der Autor den Schemel neben der Distel geräumt hatte, gefiel sich Buchner noch immer freiredend.)

Danach nahm vorne jemand Platz, der hager langgliedrig nicht wußte, wohin mit seinen Beinen. Es verwunderte allgemein, daß sich Hofmann von Hoffmannswaldau, der bis dahin mit keiner Veröffentlichung hervorgetreten war und als bloßer Liebhaber der Literatur galt, zur Lesung bereit erklärt hatte. Selbst Gryphius, der den vermögenden Adligen seit gemeinsamen Studentenjahren in Danzig und Leyden kannte – er hatte den eher passiven Schöngeist zum Schreiben ermuntert –, schien erstaunt und erschrocken, als Hoffmannswaldau zum Vortrag drängte.

Witzig überspielte er seine Verlegenheit. Er entschuldigte sich für seine Anmaßung, zwischen Dach und Distel sitzen zu wollen, aber es jucke ihn, seine Versuche der Kritik vorzuwerfen. Dann überraschte er die Versammlung mit einer im Deutschen neuen, von Ovid herrührenden und gegenwärtig nur im Ausland geübten Form, indem er sogenannte

Heldenbriefe las, die er mit einer Erzählung einleitete: „Liebe und Lebenslauff Peter Abelards und Heloißen."
Darin geht es um einen jungen, ehrgeizigen Gelehrten, der sich in Paris vielen Professorenintrigen ausgesetzt sieht und deshalb mehrmals in die Provinz flüchten muß. Wieder zurück in Paris, sticht er sogar den berühmten Schriftgelehrten Anselmes aus, wird zum Liebling der Stadt, gibt schließlich, auf Wunsch eines gewissen Folbert, dessen Nichte Privatunterricht, bleibt aber nicht beim Latein, sondern vergafft sich in seine Schülerin, die sich in ihren Lehrer vergafft. „Mit einem Worte sie waren unfleissig auf eine andere Arth fleissig zu werden..." Diesen Unterricht setzen die beiden fort, bis sie „gelehrt buhlen" können, was auch anschlägt. Mit der schwangeren Schülerin reist der Lehrer zu seiner Schwester in die Bretagne, wo sie mit einem Sohn niederkommt. Obgleich die junge Mutter nicht geehelicht werden will und dringlich beteuert „...daß es Ihr annehmlicher seyn solte seine Freundin als seine Ehefrau genennet zu werden...", besteht der Lehrer auf einer schlichten Hochzeit, die, während das Kind bei der Schwester bleibt, in Paris stattfindet. Weil aber der Onkel Folbert die Verehelichung seiner Nichte anfeindet, versteckt der Ehemann seine Schülerin und Frau in einem Kloster nahe Paris; worauf Folbert, wütend über die Flucht der Nichte, Abelards Knecht mit Geld besticht „...bey nächtlicher Zeit seines Herren Schlafgemach zu eröfnen, durch dazu gleichfalls erkaufte Personen in seiner Ruh zu überfallen und zu entmannen...", was unwiderruflich geschieht.
Und um diesen Verlust des Buhlwerkzeugs geht es in den anschließenden zwei Briefen, die, nach verfeinerter Opitzscher Manier, in kreuzgereimten Alexandrinern laufen und das Schauerliche, bisher Niegehörte galant umschreiben: „Ich meint auf heiser Glut wie auf den Thau zu lachen, Es solte mir kein Dorn verschrencken meine Bahn; Ich dacht' auf dünnem Eiß ein Buhler-Lied zu machen, Izt lern ich, daß ein schnitt mein Meister werden kan..."
Weil ganz auf Form bedacht, hatte Hoffmannswaldau vor Beginn seiner Lesung um Erlaubnis gebeten, des Reimes wegen die Schülerin des Abelard „Helisse" nennen zu dürfen; und Helisse versucht, den Verlust des Werkzeugs in ihrem Brief an Abelard mit höherer Liebe aufzuwiegen:

„...Hat mich dein Zuckermund zu fleischlich angerühret Und in ein Rosenthal ein schlüpfrich Haus gebaut, So hat doch keine Brunst mir die Vernunft entführet, Es hat ein jeder Kuß auf deinen Geist geschaut..."
So wenig die Kunst des Vorgelesenen den versammelten Poeten Ansatz für Kritik bot – Buchner sagte: Das gehe weit über Opitz, ja, über Fleming hinaus! –, so bittersüß stieß die Moral der Geschichte einigen Herren auf. Zuerst kam Rist mit seinem ewigen: Wohin das führe? Welchen Nutzen leite das ab? Dann entrüstete sich Gerhardt, der aus dem „eitlen Wörterfest" nur verbrämte Sünde herausgehört hatte. Als nach Laurembergs Genörgel über das „künstlik gerime" auch noch der junge Birken gegen die schrecklichen Geschehnisse ansprach, rief ihm Greflinger dazwischen: Er habe wohl vergessen, mit welchem Besteck er kürzlich die Mägde im Stroh bedient habe. Nein, ihm sei nicht der Gegenstand vor oder nach dem Schnitt ärgerlich, sondern die glatte Manier. Schade, daß der Gelnhausen schon über alle Berge. Der hätte das saftige Gemetzel und den erzwungenen Verzicht der Helisse nackt und laut schreiend daherlaufen lassen.
Weil sich jetzt viele (doch Gryphius nicht) meldeten, um am Gemächt des Abelard rumzumäkeln, sagte Simon Dach: Er habe nun genug über das verruchte und doch nützliche Werkzeug gehört. Ihm sei die Geschichte zu Herzen gegangen. Es solle doch niemand den anrührenden Schluß vergessen, welcher die Liebenden endlich in einem Grabe eine, wo sich ihr Gebein sogleich miteinander zu verästeln suche. Ihm seien, das hörend, die Tränen gekommen.
Als hätte er alle Kritik vorgewußt, hatte Hoffmannswaldau den Schwall der Wechselreden lächelnd genommen. Es war, anfangs von Dach angeraten, mittlerweile zur Regel geworden, daß der Vorlesende nichts zu seiner Verteidigung sagte. Deshalb ließ auch Weckherlin alles über sich ergehen, was nach dem Vortrag seiner Ode „Küß" an überschüssiger Klugheit verbreitet wurde.
Der Alte hatte dieses Gedicht, wie seine übrige Produktion, vor bald dreißig Jahren als immer noch junger Mann geschrieben. Danach war er, weil ihn in Stuttgart nichts hielt, zuerst in kurpfälzischen Agentendienst, dann, um der Pfalz nützlicher zu sein, in englischen Staatsdienst getreten.

Nichts nennenswert Neues war seitdem entstanden, nur Hunderte, die Politik hintertreibende Agentenbriefe an Opitz, Niclassius, Oxenstierna... Und doch waren Weckherlins spielerische, stellenweis unbeholfene, Jahre vor der Opitzschen Poetiklehre geschriebene Liedchen frisch geblieben, zumal es der Alte beim Vortrag verstand, die leichtfertigen Verse und flachen Reime – „Mein liebreiches Schätzelein Gib mir so vil schmätzelein..." – mit schwäbischer Zunge über jede Stolperschwelle zu heben.

Anfangs hatte Weckherlin gesagt, er wolle nun, da ihm sein Dienst als Unterstaatssekretär auf Reisen Gelegenheit lasse, seine gereimten Jugendsünden, die in Mehrheit französischem Vorbild nachgedichtet seien und noch aus der alten, der Vorkriegszeit stammten, fleißig überarbeiten, um sie mit besseren Hebungen und Senkungen neu in Druck zu geben. Er sei ja, wenn er die Jungen höre, ein wahres Fossil. Erst nach ihm hätten der selige Boberschwan und der verdienstvolle Augustus Buchner Hilfreiches über die deutsche Dichtersprache zur Belehrung verbreitet.

Die Kritik feierte ihn. Weil es ihn immer noch gab. Wir Jungen hatten den Alten schon tot geglaubt. Überrascht waren wir gewesen, den Vorläufer unserer noch jungen Kunst so quick zu sehen: er war sogar der Libuschka ins Bett gestiegen, als sei er noch immer leichtfüßiger Oden mächtig.

Rist, dem alle Buhlliedchen ärgerlich waren, bekannte sich dennoch als Opitzianer zu Weckherlin. Buchner holte weit aus und schickte mit Zesen und Gerhardt, die in Wittenberg seine Schüler gewesen waren, alle anderen abermals in die Versschule. Logau schwieg wie zuvor.

Und dann mußte Simon Dach den Stuhl wechseln; er bat den alten Weckherlin, seinen schon angestammten Sessel zu hüten. Dachs lange „Klage über den endlichen Vntergang vnd ruinierung der Musicalischen Kürbs-Hütte vnd Gärtchens" will als Leichgedicht dem Freund Albert Trost sagen über dessen von Schlamm und Bauschutt zerstörten Garten auf der Pregelinsel Lomse. Den weiträumigen Alexandriner nutzend, werden die Entstehung der Anlage, wobei der bierselige Bälgetreter dem Organisten mit dem Pflanzspaten zur Seite steht, die literarischen und musikalischen Festlichkeiten der Freunde und deren idyllische Lust

geschildert: die glücklich gefundene Harmonie. Weitab vollzieht sich das Kriegsgeschehen mit Hunger Pest Brand; nah sind Zwist und Streit der Bürger, das ewige Kanzelgezänk. Wie Jonas in der biblischen Kürbishütte dem sündigen Ninive mit dem Zorn Gottes droht, mahnt Dach sein dreistädtisches Königsberg. Es mündet die Klage über die Zerstörung Magdeburgs (wo der junge Dach studiert hatte) in umfassende Trauer über das sich selbst zerstückelnde Deutschland. Der Verdammung des Krieges – „So bald zeucht einer auß daß wilde Krieges Schwerdt, Daß wiederumb sehr schwer in seine Scheide fährt..." – folgt der Wunsch nach einer gültigen Friedensordnung: „O würden wir doch klug durch frembder Noht vnd Schaden, Ohn Zweiffel kähmen wir bey Gott hiedurch zu Gnaden!" Dachs Klage schließt, nachdem er sich und seinen Albert aufgerufen hat, das zu tun, was sie können und die Zeit zu nutzen – „Wir zwingen ihren Zwang, sie wüte wie sie kan..." –, in den hohen Anspruch der ihre Kürbishütte überdauernden Poesie: „Es ist kein Reim, wofern ihn Geist vnd Leben schreibt, Der vnß der Ewigkeit nicht eilends einverleibt."
Das hörten wir gern. Allen Versammelten war das aus dem Herzen gesprochen. Wenn ihnen gegenwärtig keine Macht und kaum Ansehen zukamen, weil die Gegenwart einzig von Krieg und Länderraub, von Glaubenszwängen und kurzlebiger Gewinnsucht beherrscht war, wollten sie mit Hilfe der Poesie mächtig zukünftig sein und ihr Ansehen der Ewigkeit versichern. Diese kleine, ein wenig lächerliche Macht gab ihnen sogar die Möglichkeit, zu ordentlich bezahlten Aufträgen zu kommen. Ahnend, daß sie sterblicher seien als die Poeten, hofften die reichen Bürger und etliche Landesfürsten, mit Hilfe von Hochzeitsgedichten, Huldigungspoemen und gereimten Leichabdankungen, also auf dem Rücken zumeist schnell geschriebener Verse, in die Ewigkeit getragen zu werden, und zwar namentlich.
Mehr noch als andere verdiente sich Simon Dach sein Zubrot durch Auftragsgedichte. Im Kreis der Kollegen hatte er, sobald sie ihre Honorare verglichen, seinen bitteren Scherz parat: „Kurtz, bey Heyrath und bey Leichen Spricht man mich umb Lieder an Gleich als einen Arbeitsmann." Sogar seine Kneiphöfische Professur verdankte Dach etlichen Huldigungsgedichten, die er Ende der dreißiger Jahre,

zum Einzug des Kurfürsten in die Stadt, rasch hingeworfen hatte.
Deshalb mußte, nachdem der Versammlung viel Lobendes über die Kürbs-Hütten-Klage eingefallen war, des Gryphius doppelsinniger Einwurf – „Du machst dreyhundert vers eh' als ich drey gemacht, Ein Lorber-baum wächst spät, ein Kürbs in einer nacht" – als boshafte Anspielung auf Dachs notgedrungene Vielschreiberei gehört werden. Als gleich darauf Rist zuerst die Moral des Lamento lobte, um dann an mythologischen Anspielungen, etwa am Vergleich des niedergebrannten Magdeburg mit Theben, Corinth, Carthago und an der Anrufung der Muse Melpomene Anstoß zu nehmen, war, vor Zesen, sogleich Buchner zur Gegenrede bereit: Keine Verwelschung schände dieses Gedicht. Alles ströme lebendig aus deutschem Mund. Notwendig, weil den Gegensatz betonend, stünden wenige antike Zeugen in dem herrlichen Bau, der ohne Vergleich sei.
Aus Dachs Sessel sagte der alte Weckherlin: Schöner habe man nicht schließen können. Und Harsdörffer rief: O, hätten wir doch gegen die schlimme Zeit eine Kürbislaube, weit genug für uns alle!
Mehr mußte nicht gesagt werden. Genug Lob hatte des Gryphius Kränkung verdeckt. Lachend (und wie erleichtert) stand Simon Dach vom Schemel neben der Distel auf. Er umarmte Weckherlin und führte den Alten zu dessen Stuhl. Mehrmals ging er vor seinem Sessel, dem leeren Schemel und der Distel im Topf auf und ab. Dann sagte er: Das sei alles gewesen. Er freue sich über den doch noch friedfertigen Verlauf. Deshalb wolle er für alle hier Versammelten dem himmlischen Vater Dank sagen. Amen. – Ihm habe übrigens das Treffen, trotz einiger Ärgerlichkeiten, gefallen. Beim Mittagsmahl, bevor man in jede Richtung auseinanderlaufe, werde er noch dies oder das nachtragen. Mehr falle ihm im Moment nicht ein. Doch nun müsse er wohl, weil er Rist und Moscherosch unruhig sehe, die Politik zulassen, das leidige Manifest.
Darauf setzte sich Dach wieder, rief die Verfasser des Friedensaufrufes nach vorn und sagte, als wegen Logaus Einspruch Unruhe aufkam, vorbeugend: Aber kein Streit, Kinder!

21

Nein! rief er mehrmals. Nein, bevor wir die Große Diele wieder bezogen hatten, nein, als alle um Dach und die Distel versammelt saßen. Und als Rist und Moscherosch mit der Verlesung der Manifestentwürfe fertig waren, rief Logau immer noch: Nein! Vorweg und hernach. Grundsätzlich: Nein!

Alles nannte er jämmerlich: Rists tönende Donnerworte, den bürgerlichen Kleinkram der Straßburger, die jeden Konflikt umschreibenden Floskeln aus Hoffmannswaldaus Feder, Harsdörffers reichsstädterisches Taktieren und den Gebrauch von „teutsch" und „Teutschland" als Flickwörter für jeden Halbsatz. Jämmerlich dumm verlogen! rief Logau, der sich nicht mehr kurzfassen wollte, sondern bar aller verknappenden Ironie für längere Rede zornig genug war, um Satz nach Satz die Manifeste von ihrem Wortplunder zu entkleiden.

Der eher schmächtige Mann stand im Hintergrund deutlich für sich und sprach schneidend über die Köpfe der sitzenden Versammlung hinweg: Man habe mit Kleinmut großgetan und dabei jeder Partei zum Maule geredet. Hier wünsche man den Schwed weit weg, dort bitte man ihn flehentlich, hilfreich zu bleiben. Im einen Satz solle die Pfalz wiederhergestellt, im nächsten Bayern, um es günstig zu stimmen, mit der Kurwürde bedacht werden. Mit rechter Hand beschwöre man die alte ständische Ordnung, mit linker Hand schwöre man dem überlieferten Unrecht ab. Nur eine gespaltene Zunge könne in einem Satz jeder Konfession Freiheit zusprechen und gleichwohl allen Sekten strenge Austreibung androhen. Zwar werde Deutschland so häufig wie von den Pfäffischen die Jungfrau Maria berufen, doch immer sei nur ein Stücklein des Ganzen gemeint. Als deutsche Tugenden nenne man Treue Fleiß Biedersinn, doch wer in Wahrheit deutsch, das heiße, viehisch gehalten werde, der Bauer landauf landab, komme nirgends zu Wort. Zänkisch sei vom Frieden, unduldsam von der Toleranz, pfennigfuchsend von Gott die Rede. Und wo, nach sattsamer Deutschrederei, das Vaterland gelobpreiset werde, schmecke übel mit kleinem Interesse der Eigennutz Nürnbergs, die Vorsicht Sachsens, die schlesische Angst, der Dünkel Straßburgs vor. Jämmerlich lese sich das und dumm,

weil nicht gedacht.
Keinen Tumult, eher Beklemmung hatte Logaus Rede zur Folge. Die beiden stilistisch unterschiedlichen Manifestentwürfe gingen, kaum angelesen, von Hand zu Hand. Wieder einmal war den Poeten nichts gewisser als ihre Ohnmacht und ihre mangelnde Kenntnis der politischen Kräfte. Denn als nun (wider Erwarten) der alte Weckherlin zur Rede bereit stand, sprach jemand zu ihnen, der sich als einziger ihrer Versammlung politisch in Kenntnis gesetzt, am Kräftespiel beteiligt, Macht gekostet, die Gewichte ein wenig verschoben und sich dabei verbraucht hatte.
Nicht etwa belehrend, eher heiter und seiner dreißigjährigen Erfahrungen spottend, sprach der Alte vor sich hin. Dabei ging er, als wollte er sich von Jahrzehnt zu Jahrzehnt die Beine vertreten, auf und ab. Hier plauderte er Dach zugewendet, dort, als sei einzig die Distel sein Publikum. Er sprach zum Fenster hinaus, auf daß ihm die beiden angepflockten Maulesel zuhörten, und machte, mal abschweifend, mal bündig werdend, den großen Sack auf. Der war eigentlich leer. Oder er war voller Müll. Sein fleißiges Umsonst. Seine gesammelten Niederlagen. Wie er, ähnlich dem seligen Opitz, zum Diplomaten allmöglicher Parteien geworden. Wie er als Schwabe zum englischen, im englischen Dienst zum pfälzischen Agenten und, weil ohne den Schwed nichts laufe, zum Doppelagenten aufgestiegen. Und wie er mit seiner Zwischenträgerei doch nicht habe erreichen können, was allzeit Ziel seiner wendigen Kunst gewesen: die militärische Parteinahme Englands für die protestantische Sache. Mit annähernd zahnlosem Lachen verfluchte Weckherlin den englischen Bürgerkrieg und den immer lustigen pfälzischen Hofstaat, die kalte Härte Oxenstiernas und den sächsischen Verrat, die Deutschen allesamt, doch immer wieder besonders die Schwaben: ihren Geiz, ihre Enge, ihre Saubersucht, ihr gottvernutzendes Falschreden. Erschreckend, wie dem Alten der Haß auf alles Schwäbische jung geblieben war, wie bitter ihm im Schwabentum das Deutsche und in der zunehmenden Deutschtümelei der schwäbische Eifer aufstieß.
Sich selbst sprach er in seiner Anklage nicht frei, sondern nannte alle Ireniker vernünftelnde Narren, die immer, um das Schlimmste zu verhüten, dem landläufigen Unheil

Dauer gesichert hätten. Wie er, wenn auch vergeblich, bemüht geblieben sei, englische Regimenter dem deutschen Glaubenskrieg zuzuführen, habe der allseits verehrte Opitz bis an den Rand seines Pestlagers versucht, das katholische Polen in das deutsche Gemetzel zu verstricken. Als seien, rief Weckherlin, mit Schwed und Franzos, Hispaniern und Wallonen nicht schon genug fremde Metzger an der deutschen Schlachtbank fleißig geworden. Nur verschlimmbessert habe man alles!
Am Ende mußte der Alte sich setzen. Das Lachen war ihm ausgegangen. Entleert konnte er nicht mehr teilnehmen, als nun die anderen, Rist und Moscherosch voran, ihren Haß auf alles Fremde und Welsche in deutschen Selbsthaß verkehrten. Jeder goß seinen Kübel aus. Naturgewaltig erbrachen sie ihren Zorn. Sich selbst nährende Erregung riß die Versammlung von den Stühlen, Schemeln und Fässern. Sie schlugen sich die Brust. Sie verwarfen die Hände. Sie riefen einander die Frage zu, wo das so oft berufene Vaterland denn sei? Wohin es sich verkrochen habe? Ob es ein solches und in welcher Gestalt überhaupt gebe?
Als Gerhardt, wie um den Fragenden Trost zu sprechen, sicher war: Ihnen allen sei kein irdisches, einzig das himmlische Vaterland gewiß! – hatte sich Andreas Gryphius schon aus dem Knäuel gelöst und andernorts auf Suche gemacht. Vorne, neben dem leeren Schemel, im aufgelösten Halbrund stand er, hatte den Topf mit der verpflanzten Distel gefaßt und das Emblem und „Sinnebild" ihrer Zeitweil gegen die Balkendecke gestemmt. So, von bedrohlicher Gestalt, wuchs er sich gewalttätig aus. Ein Gigant, der Wilde Mann, ein vorerst stöhnender Moses, dem die Zunge noch querlag, bis sich der Wortschub löste: Taub, stechend, vom Wind versät, des Esels Fraß, des Bauern Fluch, des strafenden Gottes Zorngewächs und Wucherplage, das hier, die Distel, sei ihrer aller Blum und Vaterland! – Worauf Gryphius das distelwüchsige Deutschland fallen und zwischen uns zerscherben ließ.
Schöner hätte das keiner gekonnt. Das war unserer Stimmung gefällig. Sinnfälliger war uns das Vaterland nie bewiesen worden. Fast sah es aus, als seien wir nun zufrieden und auf deutsche Art froh über die Bildkräftigkeit unseres Jammers. Zudem war die Distel inmitten Scherben und ver-

streutem Erdreich heil geblieben. Man sehe, rief Zesen, wie unbeschadet das Vaterland den tiefsten Sturz überstehe!
Alle sahen das Wunder. Und jetzt erst, nachdem sich kindliche Freude über die heilgebliebene Distel verbreitete, der junge Birken Erde um die entblößte Wurzel häufte und Lauremberg lief, Wasser zu holen, erst jetzt, angesichts der wieder harmlosen Versammlung und bevor sie dem üblichen Geplauder verfallen konnte, sprach Simon Dach, neben den sich Daniel Czepko gestellt hatte. Schon während der umsichgreifenden, in heftige Bewegung mündenden Suche nach dem verlorenen oder nicht mehr kenntlichen oder ganz und gar zu Unkraut gewordenen Vaterland waren die beiden, hier streichend, dort ergänzend, mit einem Papier beschäftigt gewesen, das nun von Dach, während Czepko die Reinschrift niederschrieb, als letzte Fassung des Manifestes verlesen wurde.
Ganz ohne Rists Donnerworte kam der neue Text aus. Keine letzte Wahrheit wurde verkündet. Schlicht las sich die Bitte der versammelten Poeten, gerichtet an alle den Frieden suchenden Parteien, die Sorgen der zwar ohnmächtigen, aber doch der Unsterblichkeit verdingten Poeten nicht geringzuachten. Ohne den Schwed, den Franzos als Landräuber haftbar zu machen, ohne den bayrischen Landschacher zu verklagen und ohne Nennung auch nur einer der zerstrittenen Konfessionen wurden mögliche Gefahren und Friedenslasten mit Blick in die Zukunft kundgegeben: Es könnten sich in das ersehnte Friedenspapier Anlässe für künftige Kriege schleichen; es werde, bei fehlender Toleranz, der so heiß ersehnte Religionsfrieden nur weiteren Glaubenszwist zur Folge haben; es solle doch, bitte, mit der Erneuerung der alten Ordnung, so sehr deren Segen erwünscht sei, das altgewohnte Unrecht nicht miterneuert werden; und schließlich die Sorge der versammelten Dichter als Patrioten: Es drohe dem Reich Zerstückelung dergestalt, daß niemand mehr in ihm sein Vaterland, das einstmals deutsch geheißen, erkennen werde.
Dieser Friedensaufruf von letzter Hand schloß mit der Bitte um Gottes Segen und wurde – kaum lag die Reinschrift vor – ohne weiteren Disput zuerst von Dach und Czepko, dann von den anderen, schließlich von Logau namentlich gezeichnet; worauf sich die Herren, als hätte ihr Bitten schon

Gehör gefunden, hier freudig, dort ergriffen umarmten. Endlich waren wir sicher, etwas getan zu haben. Weil dem Aufruf die große Geste fehlte, sprach sich Rist ersatzweise aus: Er nannte Ort, Tag und Stunde der Handlung bedeutend.

Es war zum Glockenläuten. Doch jenes Handglöckchen, das in der Tür zur Großen Diele angeschlagen wurde, hatte minderen Anlaß. Diesmal rief nicht die Wirtin zum Mittagstisch. Unter Greflingers Aufsicht, der nun als letzter das Manifest unterschrieb, war die Beute des nächtlichen Fischfangs gebraten worden.

Als die versammelten Dichter aus der Großen Diele in die Kleine Wirtsstube drängten, achtete niemand mehr der zwischen Scherben heilgebliebenen Distel. Alle waren nur noch auf Fisch aus. Sein Geruch zog, und wir folgten.

Simon Dach, der das bedeutende Papier mit sich trug, mußte seine auf Abschied gestimmten Schlußworte dem Fischgericht nachordnen.

22

Friedfertiger wurde nie gespeist. Es eignete sich der Fisch für sanfte, den langen Tisch säumende Worte. Jeder sprach zu jedem und über jeden mit halber, genügsamer Stimme. Auch hörten sie einander zu, fielen sich nicht ins Wort.

Schon beim Gebet, das Dach letztlich seinem Albert aufgetragen hatte, gab der kneiphöfische Domorganist mit Anspielungen auf biblische, das Fischereiwesen betreffende Stellen den Ton an. Leicht fiel es danach, das unter der röschen Haut weiße, sacht von der Hauptgräte fallende Fleisch der Barben zu loben; doch auch den minderen, vielgrätigen Plötzen wurde nicht nachgemäkelt. Jetzt sah man, wie viele davon – zudem Schleie, Zander, ein junger Hecht – dem Greflinger nächtens ins Netz, an die Angeln gegangen waren. Immer noch mehr trugen die Mägde in flachen Schüsseln auf, während die Wirtin abgewendet am Fenster stand.

Es war, als wollten sich Greflingers Fische wunderbar mehren. Schon waren die Nürnberger, Birken voran, mit schäferlichen Reimen gefällig. Alle wünschten, wenn nicht so-

gleich, dann bei günstiger Stunde dichtend den Fisch zu preisen. Und das Wasser im Krug! rief Lauremberg, dem mit den anderen nicht – Nie wieder! beteuerte Moscherosch – nach Braunbier war. Es fielen ihnen Legenden und Ammenmärchen von verwunschenen, glückverheißenden Fischen ein: die Mär vom sprechenden Butt, der einer raffgierigen Fischersfrau jeden Wunsch, nur nicht den allerletzten erfüllt, wurde erzählt. Und immer freundlicher waren die Herren sich zugetan. Wie schön, daß es Rist gefiel, seinen Feind Zesen aufbald als Gast nach Wedel zu bitten. (Ich hörte, wie Buchner des abwesenden Schottel fleißige Wortsammlung lobte.) In einem Schüsselchen sammelte der Kaufmann Schlegel Kupfer- und Silbergeld, mit dem man den Mägden dankbar sein wollte; und alle gaben, sogar der fromme Gerhardt. Als nun der alte Weckherlin mit höfischen Wendungen die Wirtin vom Fenster weg an den Tisch bat, um ihr, trotz und nach allem, Ehre zu erweisen, sah man, daß die Libuschka, als mache der Sommer sie frösteln, in ihre Pferdedecke gewickelt stand. Sie hörte nicht. Abwesend stand sie mit rundem Rücken. Jemand vermutete: Sie eile wohl in Gedanken dem Stoffel hinterdrein.
Nun war von ihm und seinem grünen Wams die Rede. Da man gerne in Gleichnissen sprach, wurde der junge vereinzelte Hecht zuerst mit Gelnhausen verglichen und dann dessen Förderer Harsdörffer zugesprochen. Einige teilten in Plänen sich mit. Nicht nur die Verleger – Mülben und Endter voran – wollten dem kommenden Frieden etliche Bücher abgewinnen, auch die Autoren hatten schon Friedensfeiern, Friedensspiele unter der Feder oder lustig im Kopf. Birken plante für Nürnberg eine vielteilige Allegorie. Rist wollte seinem friedewünschenden sein friedejauchzendes Deutschland folgen lassen. Harsdörffer war sicher, daß der Wolfenbütteler Hof Vorlagen für Ballette und Opern begünstigen werde. (Ob Schütz wohl geneigt sei, beizutragen mit großer Musik?)
Immer noch zeigte die Wirtin ihren schmalen, unter der Decke gebuckelten Rücken. Doch nach Buchner gelang es selbst Dach nicht, die Libuschka oder Courage oder die seitab gezeugte Tochter des böhmischen Grafen Thurn – wer sonst sie sein mochte – zu den Poeten an den langen Tisch zu bitten. Nur als eine der Mägde (Elsabe?), während sie

die letzten Bratfische tischte, dabei plauderte – Es habe sich auf dem Klatenberg ein Volk Zigeuner gelagert, man habe das Emstor geschlossen –, sah ich, wie die Libuschka mit verschreckter Bewegung aufmerkte. Doch als Simon Dach zum Abschied zu allen sprach und dabei der Wirtin Dank sagte, war sie schon wieder abwesend da.
Er stand, überblickte lächelnd den langen Tisch, sah die gehäuften, zwischen Kopf und Schwanz blanken Fischgräten, hielt links das gerollte und mittlerweile versiegelte Manifest und war zu Beginn seiner Rede nicht frei von Rührung. Doch dann, nachdem er dem Scheiden, Sichtrennenmüssen, dem dauerhaften Freundschaftsbund genug wehmütige und sich nur mühsam bildende Wörter gegeben hatte, sprach er, von Lasten befreit, leichthin und eher so, als wollte er die Bedeutung des Treffens mindern, dessen Gewicht wegplaudern: Es stimme ihn froh, daß Greflingers Fisch sie alle wieder ehrlich gemacht habe. Ob man das Ganze zu günstiger Zeit wiederholen solle, wisse er nicht oder noch nicht, sosehr man ihn dränge, einen Ort und den Tag künftiger Anreise zu nennen. Mancherlei Anfechtung sei ihnen widerfahren. Er wolle die Ärgernisse nicht zählen. Doch gelohnt habe sich der Aufwand am Ende wohl doch. Fortan könne sich jeder weniger vereinzelt begreifen. Und wen zu Haus Enge zu bedrücken, neuer Jammer einzuholen, der falsche Glanz zu täuschen, wem das Vaterland zu schwinden drohe, der möge sich der heilgebliebenen Distel im Brückenhof vor Telgtes Emstor erinnern, wo ihnen die Sprache Weite versprochen, Glanz abgegeben, das Vaterland ersetzt und allen Jammer dieser Welt benannt habe. Kein Fürst könne ihnen gleich. Ihr Vermögen sei nicht zu erkaufen. Und wenn man sie steinigen, mit Haß verschütten wollte, würde noch aus dem Geröll die Hand mit der Feder ragen. Einzig bei ihnen sei, was deutsch zu nennen sich lohne, ewiglich aufgehoben: „Denn wilt vns, liebwerthe Freunde, noch so kurtz vergönnet die Zeit seyn, hie auf Erden zu bleiben, wird sich doch jeder Reim, wofern ihn vnser Geist nach dem Leben gesetzet, der Dauer vermengen..."
Da sagte in Dachs sich nun aufschwingende, die versammelten Dichter der Unsterblichkeit einverleibende Rede, in seinen Satz vom bleibenden Vers, wobei er den gerollten

Friedensaufruf hob und gleichfalls dem Überdauern weihte, die Wirtin vom Fenster her leise und doch zum Ausruf gespitzt: „Feurio!“
Dann erst kamen die Mägde mit ihrem Geschrei gelaufen. Und erst jetzt – noch immer stand Simon Dach, als wollte er seine Rede dennoch zu Ende bringen – rochen wir alle den Brand.

23

Vom hinteren Giebel, dessen schadhaftes Reetdach bis über die Fenster der Großen Diele franste, hatte sich das Feuer als Schwelbrand in den zugigen Dachboden gefressen, wo es aufatmend Strohballen, zum Lager gebreitetes Stroh, Reisigbündel und vergessenen Plunder faßte, zu laufenden, ins verstrebte Gebälk springenden Flammen kam, um nun von innen aus beide Schrägen der Reetdeckung zu durchschlagen, unter sich die Dielen zu verzehren, mit brennenden Balken und Bohlen in die Große Diele zu stürzen, den Vordergiebel zu berennen, dann die Dachbodenstiege treppab zu laufen und die Gänge lang jede türoffene, in Hast geräumte Kammer zu besetzen, so daß bald Flammenbündel aus allen Kammerfenstern ins Freie stießen und himmelhoch einig mit dem flammenden Dachgestühl der Feuersbrunst letzte Schönheit gaben.
So sah ich es, gesteigerter Zesen, höllischer Gryf, und jeweils anders sahen es alle, die sich mit ihrem Gepäck notdürftig in den Hof gerettet und vormals Glogau, Wittenberg oder Magdeburg in Flammen gesehen hatten. Kein Riegel hielt. Von der Vordiele aus wurden die Kleine Wirtsstube, die Küche, der Verschlag der Wirtin und die restlichen unteren Kammern aufgebrochen. Nur noch vom Feuer bewohnt stand der Brückenhof; die seiner Wetterseite vorgepflanzten Linden standen als Fackeln. Trotz Windstille: Funkenflug. Grad noch gelang es Greflinger, mit Lorembergs und Moscheroschs Hilfe, die Pferde über den Hof zu führen, die übrigen Planwagen in die Ausfahrt zu schieben und die verschreckten Gäule vor die Wagen zu spannen, da ging der Stall in Flammen auf. Lauremberg wurde von einem Rappen getreten, weshalb er fortan rechtsseitig hinkte.

Niemand hörte sein Jammern. Alle waren um sich bekümmert. Nur ich sah, wie die drei Mägde den einen Maulesel mit Bündeln und Küchenpfannen beluden. Auf dem anderen Esel saß die Libuschka: dem Feuer abgewandt, noch immer in ihre Pferdedecke gewickelt, in Ruhe, als sei nichts, die Hofköter winselnd bei Fuß.
Birken jammerte, weil mit dem Gepäck der Jungen sein fleißig gefülltes Tagebuch auf dem Dachboden geblieben war. Der Verleger Endter vermißte einen Posten Bücher, den er in Braunschweig hatte absetzen wollen. Das Manifest! rief Rist. Wo ist? Wer hat? Dach stand mit leeren Händen. Zwischen den Gräten des Fischgerichtes war auf dem langen Tisch der Friedensaufruf der deutschen Poeten vergessen worden. Gegen jede Vernunft wollte Logau zurück in die Wirtsstube: Retten den Schrieb! Czepko mußte ihn halten. So blieb ungesagt, was doch nicht gehört worden wäre.
Als das Dachgestühl des Brückenhofes in sich zusammenbrach und funkenstiebendes Gebälk mit glühenden Reetplacken in den Hof stürzte, rafften die versammelten Dichter und Verleger ihr Gepäck und flüchteten in die Planwagen. Um Lauremberg sorgte sich Schneuber. Harsdörffer half dem alten Weckherlin. Gryphius und Zesen, die noch immer in das Feuer vernarrt standen, mußten gerufen, gedrängt und der betende Paul Gerhardt aus seiner Inbrunst gerissen werden.
Seitab trieben Marthe Elsabe Marie den Packesel und den von der Libuschka berittenen Esel an. Dem Studenten Scheffler sagte die Magd Marie, daß man zum Klatenberg ziehe. Fast sah es aus, als wollte der spätere Silesius zu den Zigeunern mit. Schon sprang er vom Wagen, da fand ihn Marie mit einem katholischen Kettchen ab, dem, aus Silber gestanzt, die Telgter Gottesmutter anhing. Ohne Gruß und ohne rückgewandten Blick ritt die Libuschka mit ihren Mägden in Richtung äußere Ems. Die Hofköter – jetzt sah man: vier an der Zahl – folgten ihnen.
Die Dichter jedoch wollten häuslich werden. In drei Planwagen kamen sie unbeschadet in Osnabrück an, wo sie sich trennten. Einzeln oder in Gruppen, wie sie gekommen, nahmen sie ihren Weg zurück. Lauremberg heilte in Rists Pfarrei den Pferdetritt aus. Bis Berlin reiste Gerhardt mit Dach und Albert. Ohne nennenswerte Gefahr fanden die

Schlesier heim. Die Nürnberger scheuten den Umweg nicht und gaben in Wolfenbüttel Bericht. In Köthen sprach unterwegs Buchner vor. Weckherlin nahm wieder von Bremen sein Schiff. Nach Hamburg, um seßhaft zu werden, zog Greflinger. Und Moscherosch, Zesen?

Keiner ging uns verloren. Alle kamen wir an. Doch hat uns in jenem Jahrhundert nie wieder jemand in Telgte oder an anderem Ort versammelt. Ich weiß, wie sehr uns weitere Treffen gefehlt haben. Ich weiß, wer ich damals gewesen bin. Ich weiß noch mehr. Nur wer den Brückenhof hat in Flammen aufgehen lassen, weiß ich nicht, weiß ich nicht...